Johannes Hucke · Gert Steinheimer
Wolfgang Wegner

Was es
eigentlich
nicht gibt

Neue Schwarzwaldgeschichten

D1718851

LINDEMANNS

In dankbarem Gedenken
an Berthold Auerbach
aus Nordstetten bei Horb,
den einst weltberühmtesten
aller Schwarzwald-Dichter.

Nelsons Nase

Du hattest doch die schönste Nase,
Viel schöner als Kleopatras;
Schwarz glänzte sie im jungen Gras
Und schnupperte drin mit Emphase.

Schwarz schimmerte sie auch im Weißen:
Im Fell, im Schnee, im Seelengrund –
Himmlischer Hüttenhütehund,
Dein will ich jetzt und ewig preisen!

Johannes Hucke stammt doppelt aus dem Schwarzwald: Von Erz-grube und Schielberg aus machten sich seine Vorfahren um 1900 auf, um in Frankfurt ihr Glück zu suchen. Zur Heimkehr bewegen ihn a) Zibärtle, b) Holzofenbrot, c) Käse, d) die lyrische Land-schaft. Der Fußgänger und Fahrradfahrer hat zahlreiche Romane, Kulturführer und Theaterstücke veröffentlicht, schreibt für Zei-tungen und Zeitschriften und engagiert sich nach Kräften sozial-ökologisch, nicht zuletzt durch den Verzehr von a) bis c), möglichst aus dem Schwarzwald; d) lässt er gerne unberührt.

Gert Steinheimer kam in Ottenhöfen zur Welt ... und nutzt seither jede Gelegenheit, um im Schwarzwald zu hausen. Der Regisseur und Drehbuchautor (u. a. „Zweikampf", „Großstadtrevier") und Grimme-Preisträger hat sogar einen „heimatlichen Horrorfilm" gedreht: „Black Forest." Als Fotograf schuf er gemeinsam mit Jo-hannes Hucke vier fette „Weinlesebücher." Ein „Schwarzwälder Brennerbuch" liegt im Konzept vor. Während dutzender gemein-samer Schwarzwaldtouren kam ihm stets die Rolle des Mark Twain zu. Hucke war der Harris.

Wolfgang Wegner, promovierter Mediävist, Autor von gut zwei Dut-zend Büchern zu unterschiedlichsten Themen, wurde in Triberg geboren. In jungen Jahren verschlug es ihn an den Südwestrand des Schwarzwalds, sodass von einer Hyperkompetenz für diese geprüft gottgesegnete Landschaft ausgegangen werden muss. Zu-sammen mit Johannes Hucke ist er „Die Vesperados", eine unsäg-lich verfressene Kulturinitiative, die über YouTube die Welt mit ausschließlich positiven Nachrichten versorgt – gerne und immer wieder über den Schwarzwald.

Inhalt

A trip abroad

„Um halb neun Uhr abends, genau elfeinhalb Stunden nach unserem Aufbruch von Allerheiligen, betraten wir Oppenau – 236 Kilometer. Das ist die Entfernung laut Schrittmesser; der Reiseführer und die Kaiserlichen Generalstabskarten geben nur 16,5 Kilometer an – ein überraschender Schnitzer, denn wenn es sich um Entfernungen handelt, sind diese beiden Quellen gewöhnlich überaus genau. [...] Einmal verzehrten wir unser Mittagsmahl, bestehend aus gebratener Forelle, im Gasthaus ‚Zum Pflug' in einem hübschen Dorf (Ottenhöfen) und begaben uns dann zum Ausruhen und Rauchen in die Schankstube. Dort fanden wir neun oder auch zehn Schwarzwaldgranden um einen runden Tisch versammelt ...“

aus: Mark Twain, Bummel durch Europa.
Frankfurt a. M.: insel taschenbuch, 1985, S. 180, 196

St. Martin Sommer währt nicht lang

// Es ist noch gar nicht viele Jahre her, da befand ich mich auf einer Schwarzwaldtour, gemeinsam mit dem damals schon belorbeerpreisten Filmautor und Regisseur Gert Steinheimer. Mein Name sei Jonathan Finkbeiner. Vor über hundert Jahren ist meine Familie aus dem Schwarzwald ausgewandert. In Frankfurt am Main haben wir es zu einem beträchtlichen Vermögen gebracht, sodass ich mich, vielleicht aus Bescheidenheit, genötigt sah, diesen Eisberg aus Eigentum und Investitionskapital ein wenig abzuschmelzen, indem ich „freier" Autor wurde. Meine Eltern waren hingerissen, vor allem als ich mir das wenig klangvolle Pseudonym Johannes Hucke zulegte. Unter diesem Namen wurde ich reich und berühmt.

Ganz im Norden des Mittelgebirges hatte ich begonnen und war von Karlsruhe aus in einem in badischen Landesfarben eingefärbten Straßenbähnchen, an einem bescheidenen Bergkettchen entlang Richtung Süden aufgebrochen, hatte an der Einmündung der Murg ordnungsgemäß salutiert und war dem Züglein in Baden-Baden nicht ohne Abenteuerlust entstiegen. Schon kam Steinheimer um eine mit Chrysanthemen bepflanzte Verkehrsinsel gekurvt; zu dieser Zeit fuhr er noch sein legendäres sommermädchenmundrotes Mazda Cabrio. Trotz der späten Jahreszeit hatte er das Verdeck heruntergelassen; meiner Gegenwehr ungeachtet, setzte er mir eine nach Fisherman's Friend duftende Golfkappe auf, und durch die Stadt gondelten wir zum Kloster Lichtenthal.

Der Regisseur „heimatlicher Horrorfilme" wollte mir ein Motiv zeigen; das Angebot, an dem neuen Streifen mitzuwirken, bestand schon länger.

„Die Stätte heißt Hexenloch."

„Ich hab' trotzdem keine Angst."

„Noch."

Bald schien es dem guten Gert angezeigt, den Klassik-DJ zu geben und, direkt unterhalb vom Brahms-Haus, den Anfang des Streichsextetts Nr. 1 aufzulegen. Sonst hörten wir grundsätzlich die Pastorale, wenn wir uns aufs Land begaben – dam-dam, dada-lam-dam-da-dada-lam-da ... –, vielleicht nicht sonderlich originell, aber Rituale sind wirksam. Diesmal begleitete uns der Sommerkomponist aus Hamburg die Schwarzwald-Hochstraße hinauf. So manche hübsche Bergvesperstube ließen wir ungenutzt; die pompösen Kurhäuser Sand und Plättig, aber auch die Bühlerhöhe hatten ihre Küchen längst

12

zugesperrt ... Doch vom Aufstieg bekamen wir Durst, und ich schlug vor, ob wir nicht an den Wasserfällen von Allerheiligen eine Kollation zu uns nehmen könnten.

„Ottenhöfen hat auch Wasserfälle", beharrte Steinheimer.

Und so machten wir uns denn in seinen Geburtsort auf, ein bereits von Mark Twain besuchtes Örtchen etwa auf halbem Weg zwischen Hochwald und „Goldener Au", heute schlicht Ortenau. Dem sanften Aufkeimen romantischer Empfindungen wollte der Supermarktparkplatz, an dem wir hielten, nicht so recht entsprechen.

„Da." Steinheimer zeigte auf ein Fensterchen, immerhin von Schindeln eingefasst, das sich über einer Leuchtreklame für eine lange schon dahingeschiedene Sonnencrememarke befand.

„Was – in echt?"

Der Horrorfilmer nickte. Was mochte wohl in ihm vorgehen? Seit über 60 Jahren, als seine schwangere Mutter hierher evakuiert worden war, hatte er Ottenhöfen nicht aufgesucht.

„Also wirklich", versuchte ich seine Verstimmung zu mildern. „Mörike ein Schuhgeschäft, Auerbach vergammelt, jetzt Steinheimer ein REWE!"

Das Geburtshaus Eduard Mörikes in Ludwigsburg – und was man daraus gemacht hatte – war wenige Monate zuvor Ziel einer gemeinsamen Reise gewesen; an der dortigen Filmhochschule unterhielt Steinheimer eine Gastdozentur.

„Lass uns zwei Bier trinken", seufzte er matt.

Offensichtlich war er nicht recht zufrieden, wie das Gedächtnis an die ersten Augenblicke seines Erdenwallens an diesem Ort bewahrt wurde.

„Wir könnten", ich haspelte um das Auto herum, „doch heute Nacht noch mal herkommen", ich öffnete die Beifahrertür, „und wenigstens illegal eine Bronzetafel anbringen."

Ich dotzte in den dürftig gepolsterten Cabrio-Sitz.

Maultaschen unter Zwiebelschmelz und Schwarzwaldbier besänftigten das Gemüt des viel zu wenig gefeierten Heimkehrers. Nicht zu glauben, aber wir saßen tatsächlich auf der Terrasse ... Wochenlang hatte ein unerzogener Herbst regiert, hie und da war an den Bäumen manches dürre Blatt zu sehen, aber sonst gar nichts mehr – und jetzt das! Diese Wärme, so unzeitig sie war, belebte uns nicht weniger als das finale Kirschwasser. Nach und nach geriet Gert in eine Erzählstimmung, und das war auch gut so, denn im Hexenloch, wo er seine Filmerzählung womöglich ansiedeln wollte, spielten die Jahrhunderte durcheinander, und es gab jede Menge Stoff.

Unterwegs zeigte er mir zahlreiche weitere inzwischen geschlossene Gasthäuser, darunter eine Flöß-

14

erwirtschaft, „Zum letzten G'stähr", die niemals hätte zusperren dürfen.

„Niemals!", pflichtete mir der Schwarzwaldkenner bei. „Hätte ich doch bloß davon erfahren, da wäre ich heute kein windiger Filmschreiber, sondern ein ehrbarer Hüttenwirt."

Ich stellte mir vor, wie er, mit handballtorbreiten Schinkenplatten und überlebensgroßen Mostkrügen beladen, die Stufen in den Gastgarten hinuntereierte.

„Was für ein Leben wäre das!", verlor er sich in vergoldeten Visionen. „Dafür wäre ich der rechte Mann gewesen ..."

Ich glaubte ihm kein Wort.

Immer pastoraler wurde die Landschaft im Weitergleiten, sodass doch noch der alte Beethoven ausgepackt werden musste. Enthusiasmiert von Novembersonnenschein und Schwarzwälder Braukunst, ersannen wir seltsame Texte zu den zarten Symphonien-Melodien und hofften dabei inständig, der überirdische Meister möge nicht zuhören.

Ab Triberg ging es steil hinauf in Serpentinen und an Wasserfall Nr. 17 vorbei.

„Diese Straße muss ein Vorzeitriese erbaut haben", wurde ich von einem erhabenen Gedanken ergriffen, was nicht oft vorkommt.

„Nee, der Reichsarbeitsdienst", korrigierte mich Steinheimer.

Auch dieser Anstieg, noch weitaus anstrengender als der von Lichtenthal aus, forderte seinen Tribut, und wir überlegten uns, ob wir, bevor wir in die Hotels einfielen, noch eine Kleinigkeit „krostelieren" sollten – dies einer meiner Lieblingsausdrücke, aufgeschnappt von Tante Lisa, die nur zu gern von unseren Schwarzwald-Vorfahren erzählte.

Die Warnung des Connaisseurs war kein Ulk: „Aber nicht zu lange!"

Denn er wollte noch einkaufen bei seinen bevorzugten Läden im Rund: dem käsekundigen Unterhohnenhof, der schinkensachverständigen Metzgerei Winterhalter – wohl nicht zufällig gleichnamig mit dem Sisi-Porträtisten –, dem alle Lustbarkeiten des Schwarzwalds feilbietenden „Landladen" zu Schonach, jenem Zentrum kulinarischer Glückseligkeit und Zuflucht aller Gourmets und Gourmands zwischen Haslach und Villingen-Schwenningen.

Als Gert aber den Wegweiser „Schwarzbachtal" hinter einem ebenfalls einladenden Etablissement namens „Zur Insel" aufragen sah, drehte er mit jugendlichem Schwung am Rad, und am Rainertonishof entlang, vor Zeiten Opfer brandschatzender Buben, fanden wir den Abzweig zum Küferhäusle.

Wie an allen heiligen Orten verstummte das Gespräch. Knirrend über alten Kies, unter vorkragenden Tannenästen, näherten wir uns diesem Inbild eines Schwarzwaldhäuschens. Die hervorragendste Eigenschaft der Vorbesitzer muss das Nichtstun gewesen sein, durchaus nicht im Sinn von liederlichem Zeittotschlagen, sondern von sensibler Zurückhaltung: Während zu viel Geld, gepaart mit zu wenig Ästhetik, das Land über Jahrzehnte verheert hatte, und selbst im Hochschwarzwald nur noch wenige unvermurkste Relikte traditioneller Baukunst erhalten geblieben waren, hatte sich genau hier etwas ganz Kostbares bewahrt. Der Begriff Aura schiebt sich von allein ins Bild.

Nicht nur die Lage, das typische Äußere mit dunklem Holz und Geranien vor den weiß getünchten Fensterchen – das Innere war unbegrapscht geblieben und das Innerste des Inneren vor allem.

„Hier schlägt das Herz des Schwarzwalds", stellte Steinheimer fest.

Er schien nicht darüber diskutieren zu wollen.

Alle, die nicht schon hundertmal darunter durchgetaucht waren, stießen sich die Stirnen an beim Eintreten – und tatsächlich hatte der ein halbes Jahrtausend alte Balken eine Vertiefung an entsprechender Stelle, die allerdings nicht ausreichte, um nachrückenden Generationen den Kopfschmerz zu ersparen.

Zuerst fiel den meisten die Winzigkeit der Fenster auf, die nur genügend Helligkeit hereinließen, weil sie lückenlos um das gesamte Räumchen herum eine

Art Licht-Fries bildeten. Im Gegensatz zur Niedrigkeit des Stübchens stand der Kachelofen: darauf ausgelegt, das gesamte Haus zu heizen. Und zwar tüchtig.

Wie es nicht anders sein konnte, saß im Ofeneck eine alte Frau, die tatsächlich noch Bestandteile der hiesigen Tracht anhatte. Sie grüßte nicht, kicherte aber in sich hinein, als sie das „Pock!" vernahm, das ich mit meinem Schädel an dem besagten Holzbalken erzeugt hatte. Anders Steinheimer: Nicht nur, dass er sich rechtzeitig bückte, mit ihm redete die Alte sogar.

„Es ist so warm heut, man könnte fast noch draußen sitzen."

„St. Martin Sommer währt nit lang", gab sie zur Antwort ... und mir damit zu denken, ob sie den Ausspruch soeben geprägt hatte, oder ob es sich um ein im Schwarzwald geläufiges Sprichwort handle.

Da registrierte ich, dass ich die Zigarren vergessen hatte. Ohne sich umzuwenden, reichte mir Gert den Autoschlüssel; er steuerte bereits einen Ecktisch an, wo es nicht ganz so hitzig war wie direkt am Ofen. – Als ich wiederkam, bemerkte ich, dass ich die Zigarren erneut vergessen hatte.

„Ich werde alt", zweifelte ich an meiner Leistungsfähigkeit.

Steinheimer versuchte mich zu trösten: „Jung sterben ist auch keine Lösung."

Damit vertiefte er sich in die Speisekarte, die aus einem DIN-A5-Blättchen bestand.

Meine Vergesslichkeit hatte ihre Gründe. Die da waren: Das Geräusch, welches das Bächlein von sich gab, fremdvertraut vom Blubbern eines Brünnchens übertönt; der Anblick des Ensembles, so weltverloren, dass ich als gewiefter Großstadthund – aus welchem Grund auch immer – so etwas wie ein schlechtes Gewissen bekam. Fast hätte ich gebetet: Und vergib uns unsere Schuld, da fiel mein Blick auf die Anmut selbst, und ich verliebte mich für immer. Ein Wesen, so entzückend wie berückend, vom Selbstgefühl unübertrefflicher Schönheit gegen alle Anfechtungen gefeit, bezirzend auf mildeste Weise – ich war verloren.

„Er heißt Nelson", erklärte Steinheimer, der bereits zwei schöne Weizenbiere geordert hatte.

„Unfassbar! Dass so ein Lebewesen überhaupt existiert! Man könnte fromm werden!", entgegnete ich.

Da mein Tischnachbar nicht allzu viel mit meiner Hundeschwärmerei anfangen konnte und wie ein tibetischer Mönch sein Mantra vor sich hin flüsterte: „Schinken- oder Käseplatte, Schinken- oder Käseplatte ...", konnte ich in Ruhe meine Blicke schweifen lassen. Sachte wedelnd, verließ der Hüttenhütehund, samt Fell gut drei Ex-Freundinnen schwer, die Türschwelle und begab sich wieder nach draußen – mit

19

Sicherheit war es ihm in der Nähe des Kachelofens zu stickig. Ich bemerkte ein munter quasselndes Ehepärchen, sie vermutlich eine Norddeutsche, er womöglich ein Einheimischer mit schwarzem Bart und Haar. An einem anderen Tisch hatten sich zwei Männer und ein monströser Fotoapparat niedergelassen – sie sprachen kein Wort. Im gegenüberliegenden Herrgottswinkel saß eine junge Frau, ganz alleine und sehr still, was mich irgendwie berührte.

Dabei berührt mich selten was; ich feiere lieber Erfolge.

Da kam der Dirk. Er brachte sowohl ein gewichtiges Brett mit Speck, Räucherwürsten und Schwarzwälder Schinken als auch ein weiteres, hoch angefüllt mit heimischen Käsesorten. Mit Geschick transportierte er auch einen Korb voll Brot, von dem er ungefragt berichtete, er habe es selbst gebacken und stellte dunkelgelbe Butter dazu.

„Das würde mir schon reichen", freute sich Gert wie hypnotisiert.

„Nicht, wenn du die Wurzen probiert hast", erwiderte der Hüttenwirt jovial.

Er schien nicht aus der Gegend zu stammen, sondern eher aus Bayern, was mir zur Erklärung taugte, warum das vortreffliche Weizenbier aus Murnau herkam und nicht aus dem Umland. Dirk, der Wirt, wollte von Steinheimer wissen, wen er da mitgebracht habe. Als der mich mit königlicher Geste vorstellte, stutzte unser Gastgeber.

„So heißt hier fast jeder."

„Richtig!", fiel Gert die Übereinstimmung auf – nach all den Jahren, die wir uns kannten.

Und während er eine Brotscheibe daumendick mit Butter, Speck und frisch gerebeltem Meerrettich belud, fragte er mit halbem Interesse:

„Wie kommt's eigentlich?"

Mir war es gar nicht recht, dass ich erzählen sollte; viel lieber hätte ich mich in Ruhe dem Gütenbacher Bergkäse gewidmet. Immerhin gelang es mir noch, einen Krug mit Most zu ordern; das Bier war ja schon leer, und niemand erzählt gern mit ausgedörrtem Hals. //

*

Des Flößers Tod
ist die Geburt der Hebamme

Das ist schon wahr, mein Name stammt aus dieser Gegend. Über zehn Jahre ist es her, da bin ich mit meiner Mutter zusammen auf die Suche gegangen: nach den Resten der Finkbeiners – von unseren Vorfahren selbstverständlich. Allen Finkbeiners auf den Grund zu gehen, das wäre wohl ein Projekt für mehrere Leben, denn über alle Kontinente haben sie sich verteilt. Allein im Schwarzwald scheint es hunderte davon zu geben. Aus einer Laune heraus nahmen wir zwei schöne Zimmer mit Fernblick in einem Luxus-Resort, das Namensvettern von uns gehört; schon bei der Anreise malten wir uns aus, wie die Reaktion wohl ausfiele, wenn wir an der Rezeption darauf beharrten, als enge Verwandte umsonst hier zu wohnen und verpflegt zu werden, verbunden mit der sanften Nachfrage, wann wir unser Erbe antreten könnten.

Nach einem sehr feinen, aber auch sehr üppigen Abend im Sterne-Restaurant waren wir beim Frühstück nicht mehr in der Lage, aus der „Schinken-Straße", bestückt mit allem Teuren, was weltweit so genannt werden möchte, mehr als ein Scheibchen Schwarzwälder Tannenrauch-Schinken auf Roggenbrötchen zu goutieren. Halt, falsch, ich nahm noch ein Ei und – zum Wachwerden – ein Gläschen „Deheurles Nature", denn morgens liebe ich ja noch keine Dosage. Wir ließen uns nach Erzgrube hinauffahren, der Sage nach Ursprung des ältesten Zweigs des ältesten Teils unserer Familie – und starrten in einen See.

Man hatte uns geflutet.

„Mama!", rief ich. „Wir sind weg!"

„Das hatte ich dir bereits angekündigt", erinnerte sie mich.

Tatsächlich, ich hatte es vergessen. Wie gerne wäre ich doch durch einen Wiesengrund gesprungen, an wunderbar nostalgischen Häuslein vorbei, hätte mich an der stilvollen Armut entzückt und vielleicht das eine oder andere Cousinchen auf den Arm genommen, um es womöglich zu beschenken! Nun, nicht alle Wünsche gehen in Erfüllung, nicht mal die meinen. Einige Häuser, meist neueren Datums, standen noch auf der anderen Talseite an einer Anhöhe. Gemächlich spazierten wir hinüber. Dabei berichtete mir meine Mutter zum wiederholten Mal, was sie von den Ahnen noch wusste.

Diesmal wollte ich's mir merken.

Die erste verlässliche Nachricht aus Erzgrube ist eine Katastrophe – eine von solchen Ausmaßen, wie

wir sie uns in Zeiten von Versicherungen, Vermö-
genswerten und – wer so etwas hat – überseeischen
Investitionen gar nicht mehr gut vorstellen können.
Denn mein Ururgroßvater Johann Fürchtegott Finkbeiner kam zu Tode: in recht jungen Jahren, als Flößer auf der Nagold.

Ob es tatsächlich „auf" diesem Fluss, viel wasser-
reicher als die Enz, in die er mündet, geschehen ist,
können wir nicht mehr rekonstruieren. Wahrschein-
licher ist, dass es ihn bei einer der vorherigen Akti-
vitäten, die nötig waren, um das Holz nach Amsterdam zu bekommen, bitter erwischt hat.

Ich nehme an, der Johann, mit Sicherheit ein kräf-
tiger Kerl mit Stiefeln, „die größten wahrscheinlich,
die auf irgendeinem Teil der Erde Mode sind", wie
Wilhelm Hauff schreibt, ist beim „Schwall" abge-
stürzt.

Die gerade gewachsenen Stämme hatte man weiter oben „geschneuzt", das heißt rund gehauen, so
konnte man sie besser die „Riese" hinabrutschen
lassen, ausgekleidete Bachbetten. Auf diese Weise
gelangte das Holz in die Wasserstuben, aufgestaute
Teiche, wo es endlich mit Weidenruten zu Flößen,
den Gestöhren, gebunden wurde. Zwei Drittel des
Wassers ließ man heraus, und mit dem letzten Drittel
ging's talab: vier Flößer „ritten" auf besagtem Schwall
– ein extrem gefährliches Unterfangen. Wie viele

zerquetscht wurden, umgekommen sind oder als Krüppel nach Hause kamen, niemand weiß es.

Vielleicht hatte er auch gesoffen, so wie alle ...

„Das möcht' ich euch sagen: Erst vier Liter füllen den Flößermagen!" Vier Liter von was? Most, Bier, Schnaps? Flößer galten als „derb, klobig, rau, händelsüchtig" – aber mein Opa doch nicht! Betrachte ich mir meine zarten Glieder, alles pediküren, maniküren und auf jede Weise in Ordnung gehalten, kann ich mir gar nicht vorstellen, von so einem Unhold abzustammen ... Ich halte es mehr mit den Satzungen aus dem Spätmittelalter, wo genau festgelegt war, wer Flößer werden durfte: „ehrbare, verheiratete, pflichtbewusste Männer."

Da haben wir's!

Ob er jemals in Mannheim gewesen ist? Vielleicht. In Amsterdam? Unwahrscheinlich. Die Kinzigflößer hatten es ja nicht so weit, sind einfach ihr Flüsschen runtergefahren und waren schon im Rhein. Mein heldenhafter Opa Finkbeiner jedoch fuhr, sofern er noch am Leben war, auf mittelgroßen, dann gewaltigen, schließlich 400 Meter langen Floß-Verbänden, die man sich wie schwimmende Dörfer inklusive lebender Proviant-Ochsen vorstellen kann. Erst schiffte er die Nagold, dann die Enz, schließlich den Neckar und endlich den Rhein hinunter. Ich wüsste gern, ob er sich gehauen hat. Es ist anzunehmen.

Und wenn, dann hat er immer gewonnen. Unsere Familie erzeugt habituell Sieger – mit eben jener Notwendigkeit wie die Tanne Nadeln.

Halt. Ich will ja eine ganz andere Geschichte erzählen. Mein Opa wurde also zerquetscht. Zerrissen. Ersäuft. Entsetzlich! Bevor einer von seinen Kumpels bei meiner Oma ankam, wird es sich schon herumgesprochen haben. Das ganze Dorf wird in Schrecken versetzt gewesen sein. Fünf Kinder hatten sie miteinander ..., und die junge Witwe war noch nicht einmal Mitte zwanzig. Der Schrecken kannte vielerlei Gestalten zu dieser Zeit: Wenn ein Mann umkam, war nicht nur der Vater tot, der – vielleicht – geliebte Ehemann, der Bruder und Sohn. Er war auch als Hauptwirtschaftsfaktor unersetzlich. Da und dort gab es im Gefolge des Fürsorgewesens der Handwerkerzünfte gegenseitige Hilfseinrichtungen, Feuer- und Seeunglückspolicen, auch die Kirchen wendeten dann und wann ein Almosen auf. Aber flächendeckend war das nicht; dass eine junge Witwe überhaupt eine Versorgung erhielt, oblag meist den älteren Männern der Familie. Oft wurde sie gezwungen, einen widerlichen Greis zu heiraten, um ihre Kinder durchzubringen. Meine Ururgroßmutter nicht.

Leider – wir haben weder ihren Vor- noch Geburtsnamen in Erfahrung bringen können. So borge ich denn bei Dir, liebe Ururgroßmama aus dem Odenwald, den mir bekannten Vornamen aus und verleihe ihn für die Dauer dieser Erzählung in den Schwarzwald. Es ist dir doch recht, ja? Also, Babette Finkbeiner stand kurz vorm Armenhaus. Wir können uns die Situation wie eine Zeichnung von Käthe Kollwitz vorstellen: Die Kinder um die totenblasse, dem Schock preisgegebene Frau herum, die heute fast noch ein Mädchen wäre, dem Alter nach. Bestimmt waren Schwestern, Tanten, vielleicht ein Elternteil ebenfalls gekommen. Der Pfarrer auch. Und mit ihm der nächste Kummer: das Begräbnis. Wer soll es bezahlen? Womit verköstigt man die in großer Zahl teilnehmende Verwandtschaft?

Geht es überhaupt weiter?

Was am anderen Ortsrand geschieht, weiß die liebe Babette natürlich nicht. Hier liegt, umfriedet von einer Ligusterhecke, gesegnet von zwei überdimensionalen Holunderbüschen, das Dorfgasthaus – nennen wir es so schlicht wie möglich: „Zur Linde." Schon am Morgen ist es zu einem Treffen gekommen, in aller Heimlichkeit. Ernestine Maria Frank, die „Frau Amtmann", hat die Lindenwirtin Marianne Schmelzle in ihrem hinter dem Gasthaus steil ansteigenden Kräuter- und Gemüsegarten aufgesucht. Das Thema stand fest, bevor sie eintraf: „Was machen wir mit der?" Die Witwe Finkbeiner – nicht

nur einer der gar nicht seltenen Todesfälle im Flö-
ßergewerbe, sondern auch ein Fall für die Gemeinde:
Die christliche Mitverantwortung stand der nackten
Notwendigkeit meist unversöhnlich gegenüber: Keine
200 Seelen stark, konnte das Dorf keine kirchen-
mausarme Familie durchbringen.

Die beiden Witwen kommen schließlich überein,
am frühen Abend eine Versammlung der mächtigs-
ten Leute im Dorf einzuberufen – allesamt Männer,
versteht sich. Jede versteht sich gut mit zweien der
Potentaten, und sogleich will man sie aufsuchen.
Marianne macht sich auf zu dem Dorforganisten,
der seit einiger Zeit auch die Kindlein unterrichten
und sogar Predigten halten muss – zum Pfeffing,
von den meisten Pfifferling genannt, nicht wegen
einer Ähnlichkeit mit den schmackhaften Pilzen,
sondern aufgrund der Tatsache, dass man ihn selten
antrifft, ohne ein Pfeifen von ihm zu vernehmen:
ob asthmatische Erkrankung, ob Kirchenlied, das
steht dahin.

Der Pfifferling macht sich wichtig, wie das nicht
anders zu erwarten ist. Mehrfach muss die Witwe
Schmelzle darauf hinweisen, dass so eine Sitzung
ohne den gelehrten Mann „überhaupt vollkommen
unsinnig" sei. Dieser Ansicht ist der Dorfintellektu-
elle schließlich auch. – Weiter eilt die Wirtin zum
Großbauer und Holzhändler Balthasar Marquard,

Spross der Gründerfamilie von Erzgrube, gern herrisch auftretend, jedoch, wie die Witwe weiß, mit einem Zug ins Weinerliche. Es ist bekannt, wie er bei Beerdigungen gerührt mit seinem Leibe wippt, wobei vor allem Bauch und Backen in demselben Rhythmus der Trauer auf und ab federn, dass die Kirchenbank knirscht. Andererseits … dieser Marquard ist von Beruf Geizhals, kaum einmal zu einer milden Gabe bereit – es sei denn, er wird von seinem Leid um andere selbst ergriffen.

Es dauert eine Weile, bis er die wenig bedeutende Frau, deren einziges Verdienst es ist, Lindenwirtin zu sein, endlich vorlässt. Es dauert noch länger, bis Mariannes Beschreibungen des Familienelends bei den so schwer getroffenen Finkbeiners in diesem gut gepolsterten Herzen hinter der eng sitzenden Weste erste Regungen hervorruft.

„Dann wollen wir mal sehen“, lautet endlich die halbe Zustimmung, an der Notfallzusammenkunft teilzunehmen.

Heute würden wir wohl Krisensitzung sagen.

Die Witwe Frank hat nur einen Weg zu absolvieren, allerdings übers Dorfende hinaus zu einem Aussiedlerhof, der fast nur aus Dach besteht. Dieses freilich war stets gut angefüllt, als der Rudolf Kasimir Siebeneich noch Königlich Stuttgarter Hofunternehmer war. Seit bald zehn Jahren verblasst dieser

Glanz, und je weniger davon übrig ist, desto vehementer muss der „Ehemalige" von seinen guten Zeiten schwärmen, unterstützt von einem gewaltigen Fliederbaum, der das Anwesen überwuchert. Zu Besuch weilt Anselmus Hotz, ein von weither angereister Verwandter, der sich Medikamentenakzessist nennt und nach gewissen Kräutern für ein Kontor Ausschau halten soll, das mit Gesundheitspräparaten handelt und dutzende Apotheken beliefert.

„Ich kann freilich gar nichts geben", stellt der Hofunternehmer a.D. klar.

„Ich ebenfalls nicht", assistiert ihm sein dürrer Neffe.

„Darum geht es nicht", Marianne Schmelzle lehnt sich aus dem Fenster.

„Worum denn dann?" Skeptisch, fast feindselig blickt ihn der Händler durch seine verbogene Brille an.

„Um Geist und Christenehre!", versucht die Wirtin, den Widerstrebenden zu schmeicheln. „Nur deshalb hab' ich den Weg auf mich genommen: Wir wollen Rat halten, da ist Euer Beitrag unverzichtbar."

Sie kommen.

Während sich im Häuschen der Witwe Babette Finkbeiner die nackte Not umschaut und wohlüberlegt, was sie als Nächstes einpacken könnte, dampfen in der Linde die Pfeifen. Marianne hat zwei Krüge mit Most aus Birnen, Sauerkirschen und Zwetschgen auf den Tisch am Kachelofen gestellt, die Männer rauchen wie die Meiler und fallen einander ins Wort. Ernestine Maria Frank und Marianne Schmelzle lassen die Kerle sich auf- und wieder abregen und warten, bis sich alle genug aufgeblasen haben.

„In Kirchbühl ist schon wieder Eins gestorben", wendet sich in die erhoffte Pause hinein die Frau Amtmann an den dicken Marquard.

„Was? Das Dritte schon in diesem Monat!"

Da ist er empfindlich, der Holzsachverständige und erbitterte Feilscher um jeden Heller: Wenn Kinder sterben, kann er seine Schwäche nicht verhehlen.

Und es ist ja wahr: Trotz aller Versuche ernsthafter Ärzte, fahrender Quacksalber nicht minder, ist die Kindersterblichkeit nicht zurückgegangen, ein über allen immerzu schwebendes Schwert des Schmerzes, unerbittlich und für alle Zeiten scharf geschliffen.

„In Stuttgart hat die Königin Pawlowna ja so was gründen lassen", beteiligt sich die Witwe Schmelzle am Gespräch.

„Was weißt du denn?", wird sie von Siebeneich gemaßregelt.

„Dass es eine Einrichtung ist, wo man was lernt."

„Was denn? Drück dich deutlicher aus!"

„Gern."

Damit hat Marianne für einige Augenblicke freie Fahrt. Sie berichtet davon, dass in Stuttgart und im ganzen Umland nicht einmal mehr die Hälfte der Kinder so früh vom Herrn abberufen werden, wie das im Schwarzwald immer noch der Fall ist. Es handle sich um einen neuen Beruf. Freilich, so neu sei der nicht – unverständige Frauen aus allen Schichten hätten zu allen Zeiten bei Geburten geholfen ... so gut sie es eben konnten. Jetzt aber, durch die neueste Wissenschaft in Kenntnis gesetzt, sei es möglich, unter Verwendung spezieller Verfahren und sehr viel Sauberkeit die Neugeborenen vor dem Meister mit der Hippe kundig zu bewahren, jedenfalls viel mehr als früher.

„Und: als bei uns", kommentiert Ernestine Maria und sendet einen wehmutsvollen Blick zu Marquard hinüber.

„Hm." Das macht nicht nur der Großbauer.

„Hm" machen jetzt alle Männer und bearbeiten die Mundstücke ihrer Pfeifen. Sie sind in einem Zwiespalt; wenn sie leugnen, was „die Wissenschaft" in der Residenz an Neuem zuwege gebracht hat, geben sie sich dem Spott preis, altbacken und aus der Provinz zu sein; auf der anderen Seite muss ihnen alles, was aus der Welt da draußen hereinkommt, im Tiefsten zweifelhaft erscheinen – am schlimmsten freilich, wenn es „neu" ist.

„Was würde ... Was würde denn so etwas kosten?"
Es ist der jüngste im Kreis der Entscheidungsbefugten, der aus dem Habsburgerreich entstammende Hotz, Anselmus, in jüngsten Jahren mehrmals Zeuge gewesen, wie schrecklich eine Geburt in ihr Gegenteil umschlagen kann: für beide, Kind und Mutter.

„Was denn? Drück dich deutlicher aus!", gibt sich der Siebeneich einmal mehr seiner Lieblingsbeschäftigung hin, dem Maßregeln.

Jetzt ist es an der Frau Amtmann, den seidenen Faden aufzunehmen und fortzuspinnen, bis vielleicht eine Schnur daraus wird, schließlich ein Seil, an dem man „den Karren aus dem Dreck ziehen könnte", drückt sie sich absichtlich grob aus, um die Sprache der Männer zu imitieren. „Nichts!", ruft sie triumphal. „Eine Ausbildung zur Hebamme kostet nichts."

„Woher weißt du das?", beteiligt sich nun auch der Pfifferling.

„Aus erster Hand weiß ich das: von meiner Base Kathrein, die Waschfrau ist im Schloss zu Stuttgart."

Die vor einem halben Jahrhundert schon verstorbene Königin Katharina habe ein Vermögen ausgesetzt um eine Stiftung zu gründen, die auch einfachen Frauen ermögliche, eine gute Schulung zu erhalten, damit sie als Geburtshelferin das Leben von Müttern und Kindern bewahren und somit „ganze Teiche voller Leiden" trockenzulegen imstande wären, die „in jedem Augenblick aufgestaut werden, um mit schrecklicher Gewalt das Land zu fluten."

Die Witwe Frank ist selbst erstaunt, mit welcher Wortgewalt sie mit einem Mal gesegnet ist – ein bewundernder Blick ihrer Mitstreiterin Schmelzle trifft sie von schräg hinterm Mostkrug. Das tut ihr ausnehmend wohl.

„Dann wäre", lässt der Pfifferling das Heft des Handelns nicht mehr aus der Hand, „ja nur dafür zu sorgen, dass die Familie nicht hungert, bis die Babette dieses neue Handwerk erlernt hat, zur Anwendung bringen kann und somit selbstständig ein Auskommen für sich und ihre Familie findet."

An Einwänden, dergleichen sei ja noch nicht dagewesen, und wo kämen wir da hin, wenn jetzt alle Frauen für sich selber sorgen wollten, fehlt es nicht. Doch auch diese zu erwartenden Argumente wissen die Witwen umgehend zu kontern.

„Dann müssen sie eben doch ins Armenhaus."

„Weh!", macht der Marquard.

„Und die Kinder sterben weiter."

„Wäre es nicht ruhmreich für unser Dorf", bedient sich die Witwe des Amtmanns eines Vorzugsausdrucks ihres Verblichenen, „wenn wir als erste im Umkreis eine Hebamme hätten? Die würde ja nicht nur bei uns segensreich wirken, sondern weithin bis ins letzte Seitental!"

„Wenn sich das auswüchse", brummelt der Holzhändler vor sich hin, „hätten wir einen ganz neuen Wirtschaftszweig ..."

Wie das Gespräch in der Linde weiter verlaufen ist, wir wissen es nicht. Aber das Ergebnis kennen wir: Nach vielen Hin und Her und manchem Zurückweichen und Zögern wurde beschlossen, die in Not geratene Familie so lange zu unterstützen, bis Babette Finkbeiner den neuen Beruf ausüben könne.

Wie sie sich selbst dazu geäußert hat, als man sie in Kenntnis setzte, was über sie beschlossen worden sei? Auch das bringen wir nicht mehr in Erfahrung.

Als sicher kann gelten, dass es nicht sehr lange brauchte, bis man im hohen Schwarzwald überzeugt war, wie bedeutsam diese Innovation sei, und dass die Witwe Finkbeiner so viel wie nur möglich von ihrer Kunst an andere Frauen weitergeben möchte. Immer wieder wird hervorgehoben, das Wirken der jungen Hebamme sei „unermüdlich" gewesen. Nebenher sammelte sie Beeren, Sauerklee und Reisig, dabei unterstützt von meiner Urgroßmutter namens Friederike.

Diese konnte von ihrer Mama zu einer Lehre nach Straßburg geschickt werden, da war das Elsass schon Teil des Deutschen Reichs. Friederike Finkbeiner lebte in der Altstadt, im Häuschen ihrer Tante Madeleine, zusammen mit einem Bernhardiner und einer

Gans namens Gaggele. Zugegeben, allmählich hört sich die Geschichte doch fast an wie ein Deutsches Hausmärchen. Aber genauso ist es geschehen! Und eines Tages betrat ein prächtiger Kürassier den Kolonialwarenladen, wo meine Friederike lernte. Jeden Tag kaufte der dort seinen Tabak, und als er seine Zeit in Straßburg beendet hatte und in seine Heimat, den Taunus, zurückkehrte, nahm er Friederike mit: als seine Frau. Sie zogen in die aufblühende Mainstadt Frankfurt, wo meine Familie, wie ich vielleicht schon angedeutet habe, zu beträchtlichem Wohlstand gelangt ist. Dass wir heute immer noch Finkbeiner heißen, hat mit gewissen Umständen zu tun, die hier nicht berichtet werden müssen.

Kürassiere sind manchmal eigenwillig.

Ein Zeitungsartikel von 1922 rühmt meine Ururoma als eine Frau, die mehr Schwarzwaldkindern auf die Welt geholfen habe als jede andere. Da war sie schon über 90 – ein beachtliches Alter für diese Epoche. Es ist seltsam, aber ich muss zugeben, dass mich diese Überlieferungen nicht loslassen. Aufgewachsen im schieren Luxus, scheint es mir doch manchmal so, als ob damals, als wir noch nichts hatten, das „eigentliche Leben" sich abgespielt habe ... und wir Nachkömmlinge nichts sind als – ich weiß nicht einmal was; etwas, was es eigentlich nicht gibt.

*

// Obwohl ich so etwas gar nicht gelernt habe, beendete ich meinen Bericht mit einer Kunstpause. Verstohlen sah ich zum Steinheimer Gert hinüber. Womöglich eingedenk des spätbiedermeierlichen Dorfrats, der der Ahnin statt einer Armenhaus- eine Karriere als Hebamme eröffnet hatte, bekam ich Lust auf eine Zigarre.

„Steini", – Steinheimer liebt diese Verniedlichung nicht so sehr, „Steini, jetzt bist du dran: Was hat es auf sich mit dir und dem Schwarzwald?"

Es war das letzte Jahr vor dem Rauchverbot. Wir entbrannten herrliche Zigarren, gefertigt in Lahr: wahrer Schwarzwaldtabak. Es dampfte ---!

Gert lächelte einen Moment lang vor sich hin, trank sein Kirschwasser aus. Dann begann er zu erzählen. //

*

Wie Mutter in den Schwarzwald kam

Zwei Wochen, nachdem meine Mutter an ihrem 21. Geburtstag ums Haar ihren Vater vergiftet hätte, packte sie ihren kleinen Koffer und fuhr mit der Bahn von Mannheim in den Schwarzwald. Spontanes Ziel war die Gegend um Triberg, berühmt für seinen gewaltigen Wasserfall. Von Mannheim in den Hochschwarzwald, das war damals schon eine aufregende Reise. Mutter buchte von ihrem Taschengeld einmal 2. Klasse – und schon stampft der Eilzug Dampf und Ruß spuckend aus der Industriestadt Mannheim durch den Oberrheingraben in den Süden. Nach Karlsruhe ragen im Osten die schwarzen Berge als finster drohende Barriere auf. So erblickten einst die Legionäre Roms das dunkle Mittelgebirge, an dem vorbei sie lieber zu Fuß in der Ebene oder zu Schiff auf dem Rhenus fluvius nach Germania vordrangen. –

In Offenburg wird der Zug gewechselt, man steigt um in die berühmte Schwarzwaldbahn. Dieser bergtüchtige Zug verbindet den Rhein über den Hochschwarzwald mit dem Bodensee. Die zugkräftige Dampflokomotive der Baureihe 01, die im Kinzigtal kaum eine Steigung überwinden muss, wird sich bald über 1000 Höhenmeter hinaufarbeiten. Ab Station Hausach ist der Schlendrian vorbei. Nach kurzer Verschnaufpause geht es allen Ernstes und mit Volldampf mitten hinein in die Gutachschlucht und geradewegs auf mehr als drei Dutzend Tunnel zu, die mit gewaltigem Aufwand durch hartes badisches Schwarzwaldgestein gebohrt wurden. Der Bauherr, das Großherzogtum Baden, wollte um alles in der Welt verhindern, dass die Bahn auf dem Weg zum Bodensee württembergisches Gebiet berührt: verschaffte doch diese exklusive Trassenführung der badischen Uhrenindustrie einen Vorteil gegenüber dem konkurrierenden Schramberg auf württembergischem Hoheitsgrund.

Allein in ihrem Abteil schweiften die Gedanken meiner Mutter wohl zurück zu jenem Sonntag, als ihr Vater, mein Opa, den „Giftanschlag" mithilfe unseres Hausarztes Dr. Bläser „knapp" überlebte. Opa Kühn pflegte an Sonntagen die Gewohnheit, nach dem Essen seinen Magen mit einem Schwarzwälder Kirsch zu laben. Es war die Aufgabe meiner Mutter, ihrem Vater das klare Wässerchen zu servieren. An diesem Sonntagmittag stand, warum auch immer, die Flasche mit Opas Kirschwasser nicht an ihrem Platz, dafür aber eine Flasche mit Omas Waschbenzin. Das Schnapsglas ward prall gefüllt und serviert. Ahnungslos kippt Opa die reine Flüssigkeit auf einen Schwapp in die Kehle.

Was dann geschah, ist nur stückhaft überliefert. Opa war ein tapferer Mann, aber auch ein gefürchteter Hypochonder. Er springt aus seinem Stuhl, versucht vergeblich das Waschbenzin auszuwürgen, sinkt schließlich vom nahenden Tode gezeichnet in den Stuhl zurück, das Ende seines Lebens sicher vor Augen. Panik bricht aus, Hausarzt Dr. Bläser wird alarmiert. Kurze Zeit später tritt der Zweimetermann in die Wohnung, erfährt das grausige Missgeschick, sieht meinen röchelnden Opa, meine verzweifelte Oma, meine schluchzende Mutter.

Dr. Bläser bleibt ruhig, klopft den Rücken, fühlt den Puls, belauscht den Herzschlag, lässt sich die Zunge zeigen und ‚Ahh' sagen, nimmt das Stetoskop vom Ohr: „Alles halb so schlimm, Herr Kühn. Sie derfe bloß in der Näh' vum Offe kän Forz losse."

Die kräftige Lok schnaubt unerbittlich bergauf durch gewagte Kehrschleifen, im Wechsel von Tunneldunkel und Tageshelle ihrem Reiseziel Triberg entgegen, wo sich die Fluten der Gutach über Fels und Geröll 150 Meter tief in die Stadt hinein stürzen. Die Wasserfälle bescherten der Stadt einst elektrische Energie, mit der Triberg als erste Gemeinde in Deutschland seine Straßen schon 1884 mit elektrischem Licht bestrahlte ...

Vom Bahnhof aus macht sich Mutter zu Fuß auf den Weg nach dem Luftkurörtchen Schönwald, hoch über Triberg auf runden 1000 Metern gelegen. Sie beginnt den mühsamen Aufstieg immer entlang des Wasserfalls, klettert mit ihrem Köfferchen über Felstreppen und abenteuerliche Holzbrücken, die brausenden Sturzfluten der Gutach an ihrer Seite. In manchem Winter soll es vorgekommen sein, dass der Wasserfall zu Eis erstarrte – vielleicht das Werk der sagenhaften Waldkönigin Guta, die der Gutach den Namen gab und deren Schönheit so überirdisch war wie ihr Herz aus Eis.

Am oberen Ende der Wasserwanderung erreicht meine Mutter den ruhig dahindämmernden Mühlsee. Sie folgt der friedlichen Gutach sanft bergauf zu einem Hochtal und dem Örtchen Schönwald, wo sie im Gasthaus „Zum Ochsen" Quartier findet.

„Damals eine ganz, ganz einfache Bauernwirtschaft", wie sie mir oft erzählte.

Niedrige Zimmer für genügsame Städter, knarrende Holzbalken, ein quietschendes Bett, eine Schüssel mit einem Krug frischen Quellwassers und über allem der Duft von geräuchertem Speck und verbranntem Holz. – Heute schmückt sich das Haus mit einem Schwimmbad, einer Sauna und einem kleinen Golfplatz. Zu den Mahlzeiten erklingt Zithermusik bei erlesenen Köstlichkeiten, serviert von

rumänischen Fräuleins in Schwarzwälder Trachten-
folklore.

Schönwald gilt als Ursprungsort der Kuckucksuhr,
fast so etwas wie ein Wahrzeichen des Schwarzwal-
des: die Uhr in der Form eines Bahnwärterhäuschens,
aus dem jede halbe Stunde ein hölzerner Vogel her-
ausspringt und mit Kuckucksrufen lauthals die Zeit
verkündet.

Mutter verbringt zwei Nächte im Ochsen. In der
Bauernstube sitzt sie jeden Abend bei Schwarzwälder
Schinken und Flädlesupp am Stammtisch, Mittel-
punkt der Dorfprominenz. Am dritten Tag wandert
sie weiter hinauf zur Escheck. Dort oben, auf der
Wasserscheide von Donau und Rhein, thront, fast
in den Wolken, das Gasthaus zum Kreuz. Dieses
Haus war schon immer ein beliebtes Ziel für Kur-
gäste. Auch die Fuhrleute auf ihren Gespannen in
Richtung Triberg schätzten die Escheck als willkom-
mene Rast, um Mensch und Pferd den Durst zu
löschen. Und an den Sonntagen trafen sich im Kreuz
die Einheimischen bei Spiel und Tanz. Die geräu-
migen Säle und die gute Küche waren weithin bekannt.

Kaum hat Mutter in der Gaststube Platz gefunden
und ihre Schwarzwälder Kirschtorte bestellt, mar-
schiert eine singende Wandergruppe herein, ange-
führt von einem jungen Tenor mit wasserblauen Au-

gen und einer Stimme, die wie ein Sonnenstrahl das Halbdunkel des Gastraumes erleuchtet. Die Stube hallt wieder von „Das Wandern ist des Müllers Lust". Der Tenor Rudolf Schock ist damals ein bekannter Opernsänger, singender Held zahlreicher Heimatfilme ... und eben auch ein leidenschaftlicher Wandersmann. – Mutter erzählte mir immer wieder stolz von diesem unvergesslichen Ereignis.

Während ich dies erzähle, denke ich an einen Winterabend. Ich sitze oben im Gasthaus zum Kreuz, wo Familie Scherzinger seit 1980 Gäste beherbergt. Das Nebenzimmer, die Uhrenträgerstube, ist gut beheizt, ich bin allein, mein Blick geht in die Runde, es ist Ende Januar, auf der Escheck herrscht tiefer Winter, der Schnee liegt meterhoch. Ich höre Gesang: „Wie schön, dass du geboren bist, wir hätten dich sonst sehr vermisst ..." Da sind zwei Musikanten, Klaus Nagel mit seinem Kumpel Käshammer im Kostüm fahrender Sänger mit ihren Instrumenten, Drehleier und Dudelsack. Ich sehe meine Mutter, auf ihrem Ehrenplatz, sie lauscht verzückt.

Es ist der 26. Januar 2006. Mutter feiert mit Verwandten und Freunden ihren 90. Geburtstag. Mutter bittet die beiden Bänkelsänger um eine kleine Pause. Und sie erzählt den lauschenden Gästen ihres Ehrentages die Geschichte von vor langer Zeit als sie fast ihren Vater vergiftet hätte – und wie sie nach seiner wunderbaren Rettung zur Erholung von diesen Schrecken in den Schwarzwald reisen durfte. Aber erst jetzt, nach fast 70 Jahren, kann die Jubilarin mit allen Geburtstagsgästen von Herzen lachen.

*

// Während Gert noch berichtete, hatte sich am Nachbartisch ein in die Breite trainierter Herr mit offenem Hemd erhoben und war seitlich an unseren Tisch herangetreten. Zu meinem Elend ließ er sich auf den freien Stuhl neben mir nieder: Sein Rasierwasser attackierte mit voller Aggressivität das erhabene Duftgemisch aus Kachelofen, Zigarre und Räucherschinken. Nicht eben gastfreundlich blickte ich ihn an, doch das schien der Typ nicht zu bemerken. Ein Aufschneider, ein Macho, wie ich sie auf Jahrzehnte für ausgestorben gehalten hatte ..., bis eine neue, noch blödere Epoche diesen Unrat der Geschichte wieder nach oben spülte.

Jetzt sind sie überall – sogar im Küferhäusle!

Unserem Beispiel folgend, hatte auch dieser Supermann Weizenbier geordert. Viel zu nah an meinem Vesperbrett stellte er sein Glas ab. Er war mir schon zuvor aufgefallen, als er lauthals „Das gibt's doch nicht!" ausgerufen hatte – just an der Stelle, da Gert diese legendäre Guta erwähnte. Mir ist es immer unangenehm, belauscht zu werden ... am meisten natürlich, wenn die Betreffenden auch noch so unsympathisch sind. Diese Distanzlosigkeit setzte sich in seiner Redeweise fort: sonor und selbstgefällig, ohne Anflug von Empathie, dabei haspelnd und sich selber unterstreichend, da er schon begierig war auf das, was er gleich äußern würde, während er noch mit dem Satz davor beschäftigt war. Bei schlechten Schauspielern nennt man das Selbstergriffenheit. Gert blickte mich belustigt von der Seite an; er weiß ja, wie ich solche Typen hasse.

Vor allem wohl, weil ich sie als Konkurrenz empfinde, wie er meint.

„Ich hab' euch zugehört", begann der Rasierwasserstinker. „Das mit dieser Guta interessiert mich. Bin sonst keiner, der an Märchen glaubt, wenn ihr versteht, was ich meine. Meine Sekretärin sagt immer: So einen realistischen Realisten hätte sie noch nie erlebt! Na ja, womöglich hat sie recht, die Gute ..."

Und so ging es immer weiter. Ich lehnte mich so weit zurück an die vor Zeiten gedrechselte Holzbank wie nur möglich. Zwei Scheiben Speck hievte ich auf meinen Teller und hielt ihn vor mich, damit der schwüle Brodem des Schwätzers nicht an meinen Rezeptoren hängenbleibe. Den Kopf an die rau verputzte Wand gelehnt, bemerkte ich einen Luftzug. Unwillkürlich sah ich zu einem der Fensterchen hin;

keine Frage, die Dinger konnten nicht dicht sein: zu keiner Zeit Opfer einer Renovierung, allenfalls mal frisch gestrichen, alle dreißig Jahre ... Hinter den winzigen Glasscheiben winkte ein Tannenzweig auf und ab. Es schien etwas Wind aufgekommen zu sein; diese unzeitige Wärme würde sich im Lauf der Nacht wohl verflüchtigen ... und dann träte der Herbst von Neuem in seine Rechte ein. Ich überlegte, ob ich im Winter ein paar Wochen nach Madeira flüchten sollte. Meinen vorletzten Roman hatte man verfilmt, und die Tantiemen für einen hübschen Bungalow ausgereicht. Den Garten pflegte eine Einheimische.

Die machte das gut.

Während ich versuchte, in die Oleanderwelt meiner Zuflucht mich hinweg zu träumen, rückte der Schwadroneur beharrlich auf. Zu meinem Grauen räusperte er sich mehrmals lautstark, so, als setze er zu einer längeren Erzählung an. //

*

Wo Männer noch Männer sind

So, jetzt bin ich an der Reihe. Sie schauen mich so erwartungsvoll an. Noch einen Schluck vom köstlichen Jagertee, dann erzähle ich Ihnen, wie es mich in diese Hütte verschlagen hat, obwohl Sie mir das sicher nicht glauben werden.

Ich darf mich zuerst vorstellen: Jannik-Uwe Schotterbach aus Bielefeld. Ja, ich weiß, was Sie jetzt denken: Wieder so ein Schwarzwaldtourist aus dem Flachland auf der Suche nach der Bollenhut-Romantik. Doch da muss ich Sie enttäuschen. Romantik suche ich schon lange keine mehr. Ich bin Journalist. Da erlebt man viel, nur wenig Romantisches. Und ich bin ein Mann. Definitiv. Sowohl biologisch als auch emotional und daher nicht für Romantik prädestiniert. Ich bin binär, was ich jetzt aber in dieser Runde nicht weiter diskutieren möchte.

Meinem Chefredakteur habe ich die Reise in dieses Mittelgebirge zu verdanken, dessen Namen ich bis vor Kurzem nur mit einer Torte verband, für die meine Großmutter bereit war zu sterben, was sie dann auch tat, sanft entschlummernd mit einem Stück Schwarzwälder Kirschtorte auf der Gabel.

„Schreiben Sie was über die letzten Bastionen des Männerseins," lautete die ebenso knappe wie nichtssagende Anweisung.

Wohin sollte ich mich wenden, wo gibt es noch Refugien, in denen der maskuline Teil der Gattung Homo sapiens seinem Testosteron freien Lauf lassen kann? Viele Regionen der Welt fielen mir ein, wurden jedoch durch die Höhe bzw. Tiefe des Reisebudgets ausgeschlossen. So saß ich also in meiner kleinen Wohnung auf der Couch, die eine Verflossene mal die „Problemcouch" genannt hatte, weil wir öfter darauf saßen, unsere Beziehungsprobleme diskutierten, stritten, Trennungen aussprachen und uns zur Versöhnung liebten. Auf diesem bedeutungsschweren Möbelstück grübelte ich also über mein aktuelles Problem. Mein Blick fiel auf ein Bücherregal, fokussierte und blieb an einem schmalen, zerlesenen und vergilbten Band mit Kurzgeschichten hängen. Wer wüsste besser als Ernest Hemingway, wo ein Mann noch Mann sein kann, auch wenn seine Geschichten schon hundert Jahre auf dem Buckel haben! Aber ich erinnerte mich dunkel, dass ich einst darin etwas über den Schwarzwald gelesen hatte.

Ich blätterte, überflog Seite um Seite, bis ich auf der Nummer 115 fündig wurde.

„Nach dem Krieg pachteten wir einen Forellenbach im Schwarzwald ..."

Fische fangen, am besten mit der bloßen Hand, ja, das war etwas Männliches. Ich las weiter.

„... und es gab zwei Wege, die dorthin führten. Einer ging durch das Triberger Tal hinab und schlängelte sich an der Talstraße entlang im Schatten der Bäume ..."

Wunderbar! Nach Triberg sollte meine Reise gehen. Natürlich nahm ich meinen alten Ford und nicht die Bahn. Männer fahren Auto, auch dann, wenn der Wagen gerade mal so über den TÜV gekommen ist und nicht über eine Klimaanlage verfügt. Um der sommerlichen Wärme zu entgehen, startete ich um vier Uhr in der Früh und erreichte mein Ziel am Vormittag. Zwischen Bussen voller erwartungsfroher Touristen, die alle meine Großeltern hätten sein können, tuckerte ich die Hauptstraße entlang, vorbei am Haupteingang der Wasserfälle, um dann zum gleichnamigen Parkhaus abzubiegen. Jetzt ging es wieder bergab, rechts ein Supermarkt, links triste Häuser, die wohl aus den 50er oder 60er Jahren stammten und schon bessere Zeiten gesehen hatten. An einer Fassade hing gar ein Schild, das in Deutsch und Englisch auf Gästezimmer hinwies, deren Zustand ich mir lieber nicht ausmalen wollte.

Die erste Ebene des Parkhauses unter freiem Himmel war besetzt, also weiter zur zweiten Ebene. Und da sah ich es. Ein Hinweisschild, das ich mir in den kühnsten Träumen nicht besser hätte ausmalen können; es schien, als hätte man es nur für mich und meinen Auftrag dort angebracht: „Erster Männer-Parkplatz" stand über einem schmalen Pfeil, der auf die Einfahrt wies. So bescheiden war dieses Schild, als müsse es sich seiner Existenz schämen. Und wahrscheinlich war es auch so. Ich staunte nicht schlecht, als ich den Parkplatz erblickte. Einparken konnte man hier nur rückwärts. Denn ganz entgegen dem liebsten Kind der Deutschen, der ISO-Norm, erinnerte dieser Stellplatz an ein Dreieck, dessen Winkel sich wahrscheinlich mithilfe des Kosinus-Satzes berechnen ließen.

Ich bekam Gänsehaut, doch nicht wegen meiner Fahrkünste. Vielmehr erinnerte ich mich an meinen Mathe-Lehrer in der achten Klasse. Meine Fähigkeiten auf den Gebieten der Algebra und Geometrie waren schon immer bescheiden. Besagter Lehrer ließ uns freitags immer in der letzten Stunde in Reihe antreten und Winkel berechnen. War das Ergebnis richtig, durfte man den Raum verlassen und nach Hause gehen. Lag man dagegen falsch, wurde man ans Ende der Schlange geschickt und musste auf den nächsten Versuch warten. Ich stand oft am Ende der Schlange, um schließlich deren Anfang und Ende in einer Person zu sein. Ob es menschliche Güte oder die Angst vor der Beschwerde meines strengen, oft cholerischen Vaters war, dass ich eine halbe Stunde nach offiziellem Ende des Unterrichts ohne korrekte Winkelberechnung zum Bus eilen durfte, entzieht sich trotz Recherche bis heute meiner Kenntnis.

Ich schüttelte mich heftig wie ein nasser Hund, um jene bösen Erinnerungen loszuwerden. Als ich dann erneut den Parkplatz in den Blick nahm, traute ich meinen Augen nicht. Dort stand ein Fahrzeug, wo eben noch grün gestrichener Beton das ästhetische Empfinden des Betrachters beleidigte. Wie konnte das sein? Ich hatte meinen Ford doch schon in eine geeignete Ausgangsstellung gebracht, um gekonnt und vollendet männlich-lässig mithilfe der Außenspiegel in den Parkplatz zu stoßen. Oder zu gleiten. Oder gleitend zu stoßen. Die Tür des schwarzen Autos öffnete sich und meine Augen wurden groß, als ich sah, wer dem hochpreisigen Gefährt entstieg.

Eine Frau!

Ich musste protestieren: „Hallo Sie, das ist ein Männerparkplatz!"

„Jetzt nicht mehr."

Die Frau entfaltete sich zu ihrer vollen Größe, welche die meine um einige Zentimeter überragte, was nicht zuletzt an den Absätzen ihrer schwarzen Pumps lag. Alles an ihr war schwarz. Nur ihre Augen waren von einem atemberaubenden Blau, das einem von Cézanne oder Van Gogh gemalten südfranzösischen Himmel zu entstammen schien.

Sie musterte mich mit eiskaltem und zugleich amüsiertem Blick.

„Es geht nicht um die Frage, wer hier parken darf, sondern wer hier parken kann. Ich kann. Sie auch?"

Obwohl mir die Frage leicht verschmitzt klang, verzog die Dame, so muss man sie angesichts ihrer eleganten Erscheinung wohl nennen, keine Miene. Bis zu diesem Moment glaubte ich an meine Schlagfertigkeit. Jetzt wurde mir schlagartig bewusst, dass mir keine Antwort einfiel außer einem blödsinnigen:

„Natürlich kann ich!"

Die Schwarze lachte laut auf.

Dann fiel die Tür des SUV ins Schloss, ohne dass ihre Hand sie berührt hätte. Mit ausladenden und dennoch elegant anmutenden Schritten ging sie zum Ausgang gleich neben dem Männerparkplatz. Ich wollte sie nicht so einfach davonkommen lassen, meine Scharte auswetzen, achtete nicht darauf, dass mein Ford den Weg blockierte, sondern folgte ihr. Draußen wurde ich sogleich von der hoch am Himmel stehenden Sonne geblendet. Ich brauchte einen Moment, dann sah ich die Schwarze wieder. Sie war mir um einiges voraus und lief in Richtung der Wasserfälle.

„Warten Sie! So warten Sie doch!"

Meine Rufe wurden erhört, doch nicht von der schwarzen Dame. Allerlei Touristen mit silbergrauem Haar drehten sich nach mir um, manche bedachten mich mit einem mitleidigen Blick. Ich begann zu rennen. Die Schlange an der Kasse von Deutschlands höchsten Wasserfällen bremste mich erneut aus. Alles Bitten und Betteln, mich doch vorzulassen, es sei quasi ein Notfall, wurde ignoriert, spitze Ellenbogen drängten mich wieder ab.

„Sie müssen sich nicht beeilen."

Die Dame mittleren Alters hinter der Scheibe des Kassenraums nickte mir aufmunternd zu.

Die Aussage überraschte mich. „Kennen Sie die Dame in Schwarz?"

„Niemand kennt sie und doch wieder alle." Sie lächelte entschuldigend und zuckte zur Unterstützung mit den Schultern.

Ich begriff nicht. „Wie jetzt, kennen Sie die Dame, oder kennen Sie sie nicht?"

„Warum geht das nicht weiter!" Ein runzeliger Alter, dem offenbar die Zeit davonlief, krächzte aus der Schlange hinter mir. „Die kennen wir alle, aber wer weiß schon, wer sie ist?", setzte er hinzu.

Ich steckte das Wechselgeld ein, wollte dem Alten etwas erwidern, aber er stand nicht mehr in der Schlange und war nirgendwo zu sehen. Dafür sah ich sie! Sie stand auf einem der Stege über dem nach unten schießenden Wasser und schaute zu mir herunter.

„Ich kriege dich", raunte ich mir zu und schickte mich an, den steilen Weg nach oben zu joggen.

Weit kam ich nicht, dann gab mir mein Körper zu verstehen, dass er für derlei Bewegung nicht mehr geschaffen war. Ich hätte ihn ja trainieren können, aber ich hätte auch so viel anderes tun können – letztlich habe ich wenig getan ... Nun stand ich keuchend vornübergebeugt, mit den Händen auf den Oberschenkeln abgestützt, mitten auf den Weg.

„Auf geht's, junger Mann! Sie wollen doch Ihre Angebetete nicht warten lassen?"

Neben mir stand eine Frau um die sechzig. Mein Blick fiel auf ihren Wanderstock, auf den viele kleine Metallplaketten genagelt waren, Trophäen bezwungener Wanderwege zwischen Rhön und Zugspitze.

„Gleich, gleich", presste ich hervor, zugleich verärgert über das Wort „Angebetete", das die Wandersfrau verwendet hatte.

Von wegen anbeten, zurechtstutzen wollte ich dieses schwarz gekleidete Weib! Und meine Ehre retten, wenn ich je eine hatte – als Lokaljournalist ist man ja näher an devoter Hofberichterstattung als an investigativen Enthüllungsgeschichten.

Nach Minuten setzte ich meinen Weg langsam fort und vermied es dabei, nach oben zu sehen. Mir war klar, dass die Schwarze nicht auf mich gewartet hatte.

Ich war schon recht weit vorangekommen, als ein schmaler Pfad vom Hauptweg abzweigte. Eine innere Stimme sagte mir, ich müsse ihm folgen. Schon nach wenigen Metern wurde der Wald um mich herum immer dunkler, der Pfad immer schmaler, bis er kein Pfad mehr war, sondern nur noch eine Spur, die auf dem Waldboden zu ahnen war.

Ich wollte schon umdrehen, als ich abrupt stehenblieb und Gänsehaut bekam. An einem tief hängenden Ast einer Tanne baumelten, nein, keine seit Langem vermissten Wanderer, sondern eine schwarze Bluse und eine schwarze Hose, darunter fein säuberlich aufgestellt zwei schwarze Damenschuhe mit sehr hohen Absätzen. Es war unverkennbar die Kleidung der Dame aus dem Parkhaus. Nur, wo war sie?

Angsterfüllt blickte ich mich um. Sie wird doch nicht etwa?

Nein, wer so selbstbewusst auftritt, begeht nicht kurz darauf Suizid im dunklen Tann! Ich ging etwa vierzig Meter in jede Richtung, fand jedoch keine Spur der Unbekannten. Völlig verwirrt trat ich den Rückweg an, wobei ich die Kleidungsstücke an ihrem Ort beließ. Nicht auszudenken, ihr wäre doch etwas passiert und man würde die Sachen bei mir finden.

Dies alles ereignete sich im August. Ich kehrte nach Bielefeld zurück und schrieb eine halb erfundene Geschichte über Deutschlands ersten Männerparkplatz. Die schwarze Dame erwähnte ich natürlich nicht. Aber sie ließ mir keine Ruhe, erschien in Alpträumen und sogar in Tagträumen, nachdem ich meine Artikel über die Größe von Eiskugeln, eine neu eröffnete Hundeschule oder das Jubiläum des Anglervereins zum Druck freigegeben hatte.

Mir war bald klar: Ich musste noch einmal nach Triberg, mich noch einmal auf die Suche nach der schwarzen Dame begeben. Und so kam es, dass ich gestern wieder dort eintraf. Diesmal war ich besser vorbereitet. Ich wechselte die Sneaker gegen Wanderschuhe, hatte einen Rucksack mit etwas Proviant, einer Taschenlampe, einem Kompass und einem Schweizer Messer gepackt, welches mir mein Lieblingsonkel zum vierzehnten Geburtstag mit den Worten geschenkt hatte, ich sei jetzt ein Mann. So ausgerüstet, machte ich mich auf den gleichen Weg, den ich im Sommer genommen hatte. Die Abzweigung war zugewachsen und doch erkannte ich den schmalen Weg sofort wieder. Entschlossen folgte ich ihm und erreichte schnell jene Stelle, an der ich die Kleidungsstücke gefunden hatte. Nichts deutete jetzt darauf hin, dass sich hier jemals etwas Nicht-Natürliches befunden hatte. Alles wirkte unberührt. Mithilfe des Kompasses versuchte ich mich zu orientieren, dann folgte ich einer gedachten Verlängerung des Pfades weiter in das Dickicht des Waldes hinein.

Ich weiß nicht mehr, wie lang ich unterwegs gewesen war, als etwas äußerst Seltsames das Weiterkommen verhinderte. Eine weiße, halb durchsichtige Wand, die mich an die Vorhänge im elterlichen Haus erinnerte, ragte vom Boden aus sicher zwei Meter in die Höhe und erstreckte sich rechts und links so weit zwischen den Bäumen, wie ich sehen konnte. Vorsichtig berührte ich das seltsame Gewebe aus vielen einzelnen Fäden, die sich bewegen ließen. Jeder gesunde Menschenverstand hätte in diesem Moment die Botschaft „Lass es sein!" gesendet, nicht jedoch der meine. Er meldet sich grundsätzlich eher selten. So schlüpfte ich zwischen den Fäden hindurch, die sich hinter mir wieder schlossen. Im selben Moment waren alle Geräusche verstummt, kein Specht hämmerte, kein vertrockneter Ast knackte im Unterholz, kein Windhauch säuselte zwischen den Bäumen. Nichts. Absolute, unheimliche Stille.

„Hallo? Schwarze Dame, sind Sie hier?"

Ich hörte mich rufen und erschrak. War ich schon dem Irrsinn nahe? Ohne auf die Richtung zu achten, stolperte ich durch das dichte Unterholz. Bald hatte ich jedes Gefühl für Zeit und Raum verloren. Es gab kein Anzeichen von Leben, und doch fühlte ich mich beobachtet, ohne dass ich hätte sagen können, von wem oder was. Mein Kompass spielte verrückt, die Nadel drehte sich unaufhörlich. Bewegte ich mich im Kreis? Ich wusste es nicht.

Immer wieder rief ich, ob jemand hier sei. Nicht das kleinste Geräusch bekam ich als Antwort. Es wäre wohl besser, schoss es mir durch den Kopf, sich nicht bemerkbar zu machen. Mein Verstand war mir also doch geblieben: Wer oder was auch immer die seltsame Fadenwand erschaffen hatte, war vielleicht über einen Besucher alles andere als erfreut. Man musste es ja nicht auf eine Begegnung ankommen lassen, und die schwarze Dame war mir mittlerweile vollkommen egal.

Mit jedem Meter in diesem vermaledeiten Dickicht schwanden Kraft und Hoffnung. Doch dann sah ich endlich den weißen Vorhang wieder und rannte auf ihn zu wie ein Verdurstender auf die rettende Quelle. Hastig zog ich die Fäden auseinander und schlüpfte hindurch. Im selben Moment war ich wieder von den Geräuschen des Waldes umgeben. Erschöpft setzte ich mich auf den Boden und versuchte, mich zu beruhigen. Ich nahm einen weich gewordenen Schokoriegel aus dem Rucksack und lutschte ihn mehr als ich ihn kaute. Er brachte mir, wie in der Werbung versprochen, Energie zurück, wenngleich nur in minimalem Umfang.

Noch immer war ich orientierungslos, doch immerhin funktionierte der Kompass wieder. Aber welche Richtung sollte ich nehmen? Ich entschied mich für Süden, denn das Südliche war mir schon immer sympathischer gewesen als der Norden. Die gewählte Himmelsrichtung hielt, was sie versprach. Der Wald wurde lichter und heller. Ich reimte mir zusammen, dass er sich bald zu einer großen Lichtung öffnen würde und dort stünde ein Schwarzwaldhof. Spielende Kinder sähen mich, würden auf mich zu rennen und ihre Großmutter dem Wanderer Brot und Speck servieren.

Einen Hof fand ich nicht, nicht einmal einen Weg, der mich zu einem Hof oder gar einem Ort geführt hätte. Dafür neigte sich allmählich der Tag dem Ende entgegen und ich musste mich darauf gefasst machen, im Freien zu übernachten. Zum Glück musste es nicht so weit kommen, denn ich entdeckte eine unverschlossene Hütte, in der es zwar nicht besonders einladend roch, aber immerhin trocken war. So konnte ich die Nacht überstehen, ohne mit womöglich wenig freundlich gesinntem Getier des Waldes konfrontiert zu werden.

Heute Morgen zog ich mit knurrendem Magen und Koffein-Entzugserscheinungen weiter und fand endlich einen wohl häufiger befahrenen Weg, der mich hierherführte, in diese Hütte. Gott sei Dank!

Fragen Sie mich nicht danach, was das alles zu bedeuten hat. Ich kann es Ihnen nicht sagen, auch wenn ich glaube, dass jeder von Ihnen eine Ahnung hat.

*

// Es lässt sich schwer sagen, ob der genasführte Angeber endlich am Ende angelangt war, jedenfalls – weiter kam er nicht, denn die Tür flog auf, und ein windzerzauster Nachbar, der Hotelier Scherzinger, betrat die Stube, gefolgt von Nelson, dem es draußen ebenfalls zu ungemütlich geworden sein mochte.

„Hui!", machte der Dirk. „Wo hat es dich denn her geweht?"

„Geweht?" Scherzinger drehte sich mit dem Rükken zum Kachelofen und tupfte in Abständen die Handflächen dagegen. „Es ist ein Sturm im Wald losgebrochen! Hab's eben noch auf die Fahrstraße geschafft. Das ging vielleicht schnell."

„Das Barometer ...", begann Gert neben mir und zeigte pantomimisch einen Absturz an.

Weiter ausführen durfte auch er seine Beobachtung nicht, denn alle im Räumchen mussten ihrem Erstaunen Ausdruck verleihen und drehten sich der schmalen Fensterreihe zu.

Nur die junge Frau blieb still an ihrem Tischchen sitzen.

„Das saust aber tüchtig!", rief die ältere aus ihrer volkstümlichen Bluse. „Wir sollten aufbrechen, Heinzi."

„Jetzt? Nee, erst mal abwarten", zeigte ihr Partner deutliche Anzeichen von Furcht und Unwillen.

„Saukalt ist es auf einmal", begann der Neuankömmling von vorn, wurde jedoch wiederum unterbrochen.

„War doch klar!", spielte sich der Macho auf und kratzte sich unterm Hemd. „Bei so einer unzeitigen Wärme, dass da was kommt."

Scherzinger kümmerte sich nicht um den selbst ernannten Spezialisten, sondern drückte sich zu Steinheimer und orderte einen Kirsch. „Und so ein Vesperbrett kannst mir auch bringen, Dirk! Und von deinem Weizen."

Man kannte sich schon lange. Auch der Gert war schon oftmals mit den Gastronomen beisammen gesessen und musste von seinem mondänen Beruf erzählen ... Auch jetzt wartete der Urschwarzwälder nicht lange, sondern fragte den Regisseur nach neuen Schwänken.

Der ließ sich nicht bitten. //

*

Dorftheater

Vor der Jahrtausendwende fuhr ich in den Hochschwarzwald auf Motivsuche. Die Handlung meines
Kinofilms „Black Forest" spielt in einem Schwarz-
waldhaus, möglichst einsam gelegen. Oberhalb von
Triberg bog ich in verlassene Seitentäler ab. Namen
wie Neukirch, Wolfsloch und Hexenloch zogen vorüber. Schließlich kam ich zur „Escheck", von der mir
Mutter so oft erzählt hatte. Im „Gasthaus zum Kreuz"
fand ich einen betagten Mann, still im Herrgottswinkel sein Viertelchen Gutedel schlotzend. Wir kamen ins Gespräch.

Vor Jahren waren das andere Zeiten, als er noch
Bürgermeister war und das Sagen hatte. Ein einsa-
mes Bauernhaus am Waldesrand konnte er mir nicht
bieten, dafür aber eine unglaubliche Geschichte.

In seiner Zeit als Bürgermeister litt die Gemeinde
an ausbleibenden Feriengästen. Im Ort war einfach
nichts los. Die Leute dösten in ihren Stuben und in
den Wirtschaften gab es nur ödes Stammtischge-
hocke. Sein Amt war er mit dem Versprechen ange-
treten, vor allem in der Wintersaison den Ort für

den Fremdenverkehr zu beleben. Triberg hat seine Wasserfälle, Schonach seine Sprungschanze, Bad Dürrheim seine Heilbäder. Für seine Gemeinde strebte der Bürgermeister so etwas wie die Festspiele in Oberammergau an. Und als heimlicher Verfasser heiterer Volksstücke kam er zu dem Entschluss, das Gemeindehaus in ein Festspieltheater zu verwandeln.

Gleich zu Weihnachten plante er ein berühmtes Schwarzwaldmärchen aufzuführen. Das Werk sollte mit Gesang und Tanz ein unvergessliches Bühnenereignis werden. Bald war eine stattliche Anzahl von Bürgern und Bürgerinnen auf den Beinen. Musiklehrer Franzel Doll konnte er für Komposition und musikalische Leitung gewinnen. Doll rekrutierte das Orchester zum überwiegenden Teil aus den Musikern der Freiwilligen Feuerwehr. Feuerwehrhauptmann Scherzinger machte es seinen Löschmannschaften zur Ehrenpflicht, ihren künstlerischen Fleiß mit Feuereifer in den Dienst der Bühne zu stellen.

Der Bürgermeister übernahm selbst die Regie, seine Frau entwarf das Bühnenbild, die Tochter bewarb sich als Maskenbildnerin. Seine Sekretärin kümmerte sich um die Kostüme. Beleuchtung und andere unerlässliche Aufgaben des Bühnenbetriebs übernahmen die Gemeindearbeiter. Die Mitglieder des Gesangvereins „Schwarzwaldlerchen" probten unter der Leitung des Generalmusikdirektors ... wie

Musiklehrer und Komponist Franzel Doll forthin genannt werden wollte.

Den gleichen Ehrenaufgaben unterlagen auch die zahlreichen Kleindarsteller sowie Putz- und Garderobenhilfen. Der Bürgermeister als künstlerischer Oberaufseher verstand es vorzüglich, die mannigfaltigen Kräfte zu ordnen. Jede Minute Freizeit wurde der Festaufführung geopfert. Noch heute denke er mit Stolz und Schrecken an jenen zweiten Weihnachtstag zurück, an dem der große Festabend seine Uraufführung feiern sollte! Zu diesem Ereignis hatten er und sein Generalmusikdirektor sämtliche Kräfte in ihrem Einflussbereich aktiviert. Alles Bisherige sollte mit dieser Aufführung überboten werden. Seine Gemeinde würde in die Theatergeschichte eingehen!

Der Gemeindesaal verfügte über durchaus passable technische Ausstattung und ausreichend Sitzplätze für alle Einwohner des Ortes. Doch es mussten technisches Personal, Beleuchter, Kulissenschieber engagiert werden. Der Chorleiter rief um Verstärkung. Wer nicht gerade unter Stimmbruch oder Heiserkeit litt, fand sich plötzlich unter dem Dirigat von Generalmusikdirektor Doll wieder. Das Orchester erwies sich bald den Anforderungen nicht gewachsen. Die Musizierenden – Laien, Amateure, deren Kunst bisher nur während der langen Nächte des Schwarzwaldwinters im stillen Kämmerlein ein Bestehen feierte –, wurden zur Probe gebeten.

Für die Massenszenen im 1. Akt rief der Schulleiter alle Klassen der Wilhelm-Hauff-Schule auf die Bretter, die so gerne die Welt bedeuten. Auch Mägde und Knechte in den Bauernhöfen fasste er ins Auge. Zu seinem Ärger entflammte bei den Proben im Gemeindesaal immer wieder Streit um die besten Rollen, bis endlich Gulaschsuppe und geräucherte Würste von Metzgermeister Dorer die Gemüter besänftigten.

Der zweite Weihnachtstag nahte. Die Nervosität stieg. Das berühmte Lampenfieber ging um. Wen es ereilte, tröstete sich mit den Worten: Herzrasen und Lampenfieber sind Nebenwirkungen im Leben für die Kunst! Wenn der Bürgermeister abends durch die Straßen ging, sah man hinter den Fenstern, wie Bauer und Bäuerin, Magd und Knecht eifrig ihre Rollen übten. Gesänge drangen durch geschlossene Läden, ein falscher Ton schrillte dazwischen, Flüche und Beschimpfungen lösten einander ab – und alles hub von Neuem an.

Der Fortgang der Zeit ist ohne Erbarmen. Plötzlich war der Abend der Festpremiere einfach da. Alle Mitwirkenden fanden sich schon frühzeitig in den Garderoben, im Orchestergraben, an den Schminktischen ein. Noch einmal prüften die Künstler in Waschraum und Toilette ihre Stimmen, dann aber hieß es: „Schwarzwaldlerchen, Komparserie der 4. Aufbau-Klasse, Schreinerei-Bäder und der Vorhangzieher leise zur Bühne kommen, Musikverein Auerhahn in der Versenkung Platz nehmen!"

Nervöse Finger rückten noch schnell das Kostüm zurecht, der Gürtel zu weit, die Hose zu eng – letzte Handgriffe vor dem Auftritt zu einer Weltpremiere. Das musikalische Vorspiel von Komponist, Generalmusikdirektor und Musikpädagoge Franzel Doll war schon in vollem Gang. Als glühender Wagner-Verehrer hatte er sich den Orchestergraben grob nach dem Vorbild des Festspielhauses Bayreuth schreinern lassen. So erhoffte er, abgeschirmt gegen das Publikum, optimalen Klang der Doll'schen Klangwelt. Gut möglich, dass die dramatische Steigerung von Dolls Ultra-Fortissimo einschüchternd auf die lampenfiebernden Akteure hinter dem geschlossenen Vorhang einwirkte. – Wird das so mühsam Vorbereitete gelingen? Werden Fleiß und Schweiß, zermürbende Proben mit Erfolg und rauschendem Beifall, gar von euphorischen Jubelkaskaden gekrönt sein?

Der alte Bürgermeister nimmt einen großen Schluck aus seinem Glas, schaut mich eindringlich an: „Nur dies, ihr Menschen jenseits von Bühne und Scheinwerferlicht, nur dies ist der wahrhaft einzige Lohn, der auf den schwankenden Welt-Brettern, mehr als bare Münze zählt!"

66

Der alte Engelbert Stratz, dem mit seinen 85 Jahren ein schwaches Herz nicht als Folge eines liederlichen Lebenswandels angelastet werden kann, musste von der Bühne geführt werden. Die unerträgliche Anspannung und Dolls Ultra-Fortissimo lösten einen Schwächeanfall aus. Johannes Duffner vom Getränkeladen „Durststrecke" flößte dem alten Stratz flugs einen Pfirsichbrand aus der Ortenau ein. Sofort war die Schwäche verflogen, und der Alte konnte weder mit Gewalt noch guten Worten überzeugt werden, seine Rolle als Tanzbodenkönig aufzugeben.

Aus dem „Bayreuther" Orchestergraben kündigten die Auerhahnbläser das triumphale Finale von Dolls Ouvertüre an, nur noch ein Trommelwirbel, der Vorhangzieher warf sich in das Zugseil, der Vorhang flog auf – und – und – und – die Schwarzwaldlerchen holten tief Luft, bereit zum ersten Einsatz, ein gewaltiger A-Capella-Akkord – doch kein Ton kam über die versammelten Lippenpaare. Dafür starrten ebenso viele Augenpaare in den Zuschauerraum. Verstört drehte sich Komponist und Generaldirektor Doll an seinem Dirigentenpult um – er sah und sah, was er nicht wahrnehmen wollte. Den Taktstock erhoben, verharrte er in einer Generalpause, die nicht in der Partitur stand.

„Ich weiß es, als wäre es gestern gewesen", klagte der alte Bürgermeister. „Als ich auf die Bühne stürzte, wusste ich nicht, ob ich träume oder wache! Was ich mit diesen beiden Augen sah, bedeutet für jeden Künstler Weltuntergang, Auflösung von Leib und Seele in Wasserdampf und Sternenstaub, das in Null und Nichts zerfallende Erdendasein. Dolls Dirigentenarm fiel einfach ins Leere, vermochte den geballten Massen auf der Bühne nicht ein Tönchen zu entlocken. Wasser schoss in meine Augen, dann verlor ich wohl das Bewusstsein."

Der Bürgermeister nimmt den letzten Schluck seines Gutedel: „Sie fragen sich, wie wohl die Zuschauer auf diese Katastrophe reagiert haben? – Nun, die Zuschauer reagierten überhaupt nicht. Sie konnten gar nicht reagieren. Es war ja niemand da. – Das Parkett war leer wie dieses Weinglas. Es konnte ja auch niemand da sein! Der ganze Ort war mit Mann und Maus auf der Bühne!! – Wie konnte ich das nur vergessen!!!

Als ich wieder zu mir kam, hörte ich ein geradezu vulkanisches Gelächter. Alle, die ganze Gemeinde, die sich für meine Weltpremiere aufgeopfert hatte, stimmte in das Gejohle ein. Davon wurde Komponist, Generaldirektor und Dirigent Franzel Doll wieder munter, suchte und fand seinen Taktstock, mahnte energisch zur Ruhe, gab den Einsatz, triumphal jubelte es aus unzähligen Kehlen, jeder und noch einige mehr gaben ihr Bestes. Ich sehe es noch als wäre es heute: Die ganze Gemeinde sammelte ihre Kräfte, um mir, uns allen einen Festabend zu schenken, wie ihn die Welt, zumindest der Schwarzwald noch nicht gesehen hatte. Ein Abend ohne Publikum aber für uns Erinnerung für die Ewigkeit. Zuschauer und Künstler zugleich! Auf der Bühne vereint! – Das perfekte Theater!"

*

// Kaum hatte Steinheimer geendet, schon setzte sich der Applaus aus der Geschichte im Küferhäusle fort. Verwirrt blickte der Erzähler auf, war er doch tief in der Erinnerung versunken und befand sich zwischenzeitlich um etliche Jahrzehnte zurückversetzt. Sogar die zurückhaltende junge Frau klatschte ein bisschen mit und lächelte zu ihm hinüber. Scherzinger und ich rekapitulierten einige Höhepunkte der Erzählung; vor allem das unerwartete Ende machte uns ziemlich fassungslos. Eben wollte ich eine Theatergeschichte aus dem Frankfurt der 1980er Jahre beisteuern, da drang aus dem Herrgottswinkel ein Ruf, wie er, seit es Schulen gibt, mit derselben verwunderten Begeisterung in Klassenräumen zu hören ist.

„Es schneit!"

Ich kann es nicht leugnen: Selbst einem Knochen wie mir, der mit Empfindungen gewöhnlich geizt, wird es immer ein wenig wunderlich ums Gemüt, wenn Flocken fallen – um wie viel mehr jetzt, da einerseits der Kontrast zum sommerlichen Nachmittag den Eindruck steigerte, zum anderen die einsetzende Dämmerung für ein zauberisches Licht sorgte, im Effekt durchaus gesteigert von den Kerzen auf jedem Tisch. Unser Wirt, der dies schon vor uns allen bemerkt hatte, setzte allem noch eins drauf und servierte Jagertee, auf Schwarzwälder Art selbstverständlich, wie er später ausführlich erläutern sollte. Die Gläser waren randvoll und so überheiß, dass selbst der enge gläserne Henkel kaum gefahrlos anzufingern war.

„Die Runde geht auf die Hütte", bemerkte er treffend.

Scherzinger und Steinheimer machten laut: „Ah!" – So verspätet der Sommer zuvor bei uns vorbeigesehen hatte, so verfrüht verbreitete sich nunmehr eine Art Weihnachtsstimmung, die umso stärker wurde, als sich sämtliche Versammelten dem dampfend heißen Getränk widmeten, und für einen Augenblick Stille einkehrte. Kein anderer konnte es sein als unser Macho, der mit einem Aufschrei die kostbare Stimmung miteins vernichtete. Tatsächlich konnte man ihm die Reaktion nicht einmal vorwerfen, denn wir alle sahen eben noch, was ihn zuerst erschreckt hatte: ein Gesicht hinter dem Fenster, mitten im Schnee – das Gesicht einer Frau mit eisblumenblauen Augen.

„Da ist sie! Da! Da steht sie am Fenster!"

Ohne Rücksicht auf unsere Füße, die ihm in der Stube im Weg standen, trampelte er los, immerzu brüllend: „Jetzt hab' ich dich, jetzt hab' ich dich!", und an Nelson vorbei, der ihn mit einem abschätzigen Blick bestrafte, jagte der Schotterbach durch die Türe in den Gang. Wir hörten, wie er in Richtung des Hüttenausgangs polterte, dann einen Fluch, das Zuschlagen der Tür – und stille war's.

„Der ist schneller wieder drin als draußen", war sich Scherzinger sicher.

„Noi", machte die Alte im Ofeneck. „Noi, noi. Der kummt nimmer."

Wiewohl wir uns bemühten, sie nicht ernst zu nehmen, und mitleidig lächelten, schauderte es uns doch nicht wenig, denn ihr scheppernder Kommentar war mit einer solchen Überzeugungskraft ausgesprochen worden, dass zumindest die Möglichkeit bestand, der Aufdringliche könne vom Schneeabend verschluckt werden. Doch was sollte das bedeuten? Nickend kicherte sie sich eins.

Und sie sollte recht behalten.

„Ein Glück, dass der weg ist", ergriff nun der vormalige Tischnachbar des Geflohenen erstmalig das Wort. „Ich weiß, sie haben gedacht, dass wir gemein-

71

sam da sind. Nichts falscher als das. Ich saß als erster drinnen, um meine Ruhe zu haben. Lachen Sie nicht – draußen war's mir zu warm, mir wurde fast schwindlig, da tat mir das Halbdunkel gut. Bis dieser Kotzbrocken reingestolpert kam ... und sich ohne zu fragen gegenüber meiner bedauernswerten Person niederließ und sofort zu bramarbasieren anfing, dass die Gardinen schaukelten. Schrecklich!"

Der erleichterte Stubengenosse stellte sich als Wolfgang Wegner vor. – Im Gegensatz zu dem soeben Entwichenen war er uns auf Anhieb willkommen und wir luden ihn ein, zu unserem Tisch überzuwechseln. Nun war es an mir, den Gast zu befragen, ob er auf einer Wanderung hier gestrandet sei, oder was ihn ins Küferhäusle geführt habe.

„Der Postbus", antwortete er zu unserer Überraschung – denn seit Jahrzehnten hatte keiner mehr im Schwarzenbachtal gehalten.

Wegner präzisierte: „Es ist vielmehr die Erinnerung an die gelben Kraftbusse meiner Jugend ... und was damit verbunden ist."

Mit zwei Fingern bestellte er Jagertee nach – wir hielten natürlich mit –, und schon begann er zu erzählen. //

Mein gelber Kraftbus

Gut sechzig Jahre waren die gelben Omnibusse aus dem Schwarzwald nicht wegzudenken. Sie waren die modernen Nachfolger der guten alten Pferdepostkutsche. Wo es keine Eisenbahn gab, und das war sehr häufig der Fall, beförderten die Kraftbusse, wie man sie offiziell nannte, Menschen, Briefe und Pakete, ja mitunter auch Kleingetier zum Nachbarort, zur Kreisstadt oder zum nächsten Bahnhof. Ein dichtes Netz von Kraftpostlinien überzog den Schwarzwald. Ihre Fahrer waren nicht nur Chauffeure, sondern auch wandelnde Medien. Was man ihnen anvertraute, wurde garantiert in der gesamten Region bekannt. Mein Onkel Leo war einer von ihnen. Ich bin auf seinen Spuren unterwegs.

Onkel Leo lebt schon seit bald zwanzig Jahren nicht mehr. Und dennoch erinnere ich mich noch gut an unsere Besuche bei ihm, als er bei der Deutschen Bundespost einen Bürojob angenommen hatte. Das Busfahren hatte er aufgegeben, lange bevor ich geboren wurde. Doch Fahrzeuge aller Art blieben seine Leidenschaft. An ihnen bastelte und tüftelte er stundenlang herum; was nicht lief, wurde zum Laufen gebracht. Mit der Zeit hatte Leo aus einer Garage eine Werkstatt gemacht und ich staunte jedes Mal, wenn er mich mitnahm und mir zeigte, woran er gerade arbeitete oder was er für seine Werkzeugsammlung erworben hatte.

„Du bist besser ausgestattet als so manche Autowerkstatt", sagte ich einmal zu ihm und er nickte nur.

Eigentlich hatte ich nur etwas Nettes sagen wollen, doch eine Tatsache ausgesprochen. Ich muss nämlich zugestehen, dass mich Autos nur soweit interessieren, als sie mich von A nach B bringen können, andere Gefährte ließen mich noch viel mehr kalt. Als Jugendlicher besaß ich nicht einmal ein Mofa, was mich im Kreise der Gleichaltrigen ein wenig zum Außenseiter werden ließ, aus der Perspektive meiner Eltern jedoch zu einem vernünftigen Jungen, der dem unweigerlichen Unfalltod entgangen war.

Doch zurück zu Onkel Leo, einem lustigen, geselligen und nur selten aus der Ruhe zu bringenden Zeitgenossen. Mit ihm verbinde ich nicht nur Erinnerungen an den Geruch von Öl und Metall, sondern auch an Ausflüge in den Schwarzwald. Der Onkel wollte meiner Tante, meinen Eltern und mir zeigen, durch welche Straßen und Sträßchen, Kurven und Serpentinen er einen gelben Kraftbus gesteuert hatte und bei diesen Fahrten des Öfteren kleine Macken beheben musste, mitunter auch, während die Passagiere auf die Weiterfahrt warteten. Sie trugen es mit Fassung und Geduld, schließlich waren sie auf diese Beförderungsmöglichkeit angewiesen.

Bei besagten Ausflügen betrachtete ich von der Rückbank aus eher gelangweilt die vorbeihuschende Landschaft mit ihren Tannen, Wiesen und Bächen. Spannend war anders. Den Erzählungen meines Onkels lauschte ich jedoch gebannt, denn er gab viele lustige Anekdoten seines Busfahrerdaseins zum Besten. Der Höhepunkt solcher gemeinsamen Ausflüge war für mich immer die Einkehr zum Mittagessen. Damals gab es sie noch, die urigen Landgasthöfe, oft an der Straße gelegen wie einst die Stationen der Postkutschen. Meist seit Generationen im Besitz einer Familie, kochte der Chef hier selbst, während seine Frau die Gäste bediente. Viele von ihnen kannte mein Onkel persönlich, denn „Zum Bären", „Zum Ochsen" oder der „Tannenhof" waren auch seine Rastplätze gewesen, und so wurden wir nicht selten mit großem Hallo begrüßt.

Ich brauchte keine Speisekarte, denn ich aß immer dasselbe: Schnitzel vom Schwein, nicht vom Kalb, mit Pommes und einer dicken braunen Bratensoße. Schnitzel „Wiener Art". Noch heute weckt der Duft dieser schlichten und kulinarisch wenig anspruchsvollen Kombination schöne Erinnerungen von Geborgenheit. An dieser Stelle sei betont, dass ich ein echtes Wiener Schnitzel natürlich nicht mit Bratensoße essen würde. Ich kam jedoch nie in die Verlegenheit, auf Soße verzichten zu müssen, denn damals stand das original Wiener Schnitzel mit Preiselbeeren auf keiner Karte der Gasthöfe.

Doch nun sollte ich allmählich berichten, wie es dazu kam, dass ich auf motorisierte Wanderschaft geriet. Der Grund ist ein kleiner Karton, der seit Jahren zwischen vielen anderen verloren und vergessen auf dem Speicher stand. Darauf stand mein Name mit den geschwungenen Linien meines Onkels Leo geschrieben. Ich erinnere mich, nach seiner Beerdigung einmal hineingesehen und ihn dann wieder verschlossen zu haben. Anscheinend war nichts darin, was mir damals von Wert erschien. Vor ein paar Wochen, in einem sentimentalen Moment, erinnerte ich mich an ihn, kramte den Karton hervor und befreite ihn von Staub und Spinnweben.

Der vergilbte Kasten enthielt drei kleine, gelbe Plastikmodelle, die mir allzu gut bekannt waren: einen Postbus, eine Postkutsche und einen VW-Käfer. Sie standen einst bei meinem Onkel im Regal und ab und an, wenn wir ihn besuchten, durfte ich mit ihnen spielen. Insgeheim hoffte ich jedes Mal, er würde sie mir schenken, und jedes Mal wurde ich enttäuscht. Doch er muss gespürt haben, wie gerne ich die kleinen Spielzeuge meiner Sammlung von allerlei Miniaturfahrzeugen aus Metall und Plastik einverleibt hätte, und hatte sie mir vermacht.

Jetzt stehen sie bei mir im Regal.

In den vergangenen Wochen nahm ich die drei gelben Objekte meiner kindlichen Begierde immer wieder in die Hand. Höchstwahrscheinlich Werbegeschenke der Deutschen Bundespost, müssen sie, unscheinbar wie sie waren, doch einen tieferen Wert für Onkel Leo gehabt haben, weshalb er sie zu Lebzeiten nicht aus der Hand gegeben hatte. Heute bin ich mir sicher, dass sie ihn an seine Zeit „on the road" erinnerten. Es waren die 50er Jahre, Wirtschaftswunderzeit. Es gab wieder Arbeit, es gab wieder genug zu essen, und es gab Frieden. Während die einen den Aufbruch in eine neue demokratische Zukunft feierten und die anderen dem verlorenen Reich nachtrauerten und ihre braune Ideologie in ihren neuen oder allzu oft auch alten Tätigkeiten als Richter, Ärzte oder Verwaltungsbeamte weiterdachten und -lebten, gab es eine dritte Gruppe, größer als die beiden anderen. Das war die Gruppe derer, die sich schnell anpassten, genauso unauffällig und blass ihr tristes Leben wie im Tausendjährigen Reich führten, nun aber treu die Regeln einer demokratischen Regierung befolgten. Auf den Höhen und in den Tälern des Schwarzwalds war dies leichter als anderswo, denn Kriegshandlungen gab es hier erst, als die Alliierten über den Rhein vorgerückt waren. Mein Onkel, der als Kind mit Mutter, Bruder und Schwester flüchten musste, mag ein Idyll gefunden haben, verbunden mit den Abenteuern der Straße.

Ich versuchte, mich in jene Zeit zurückzuversetzen und mir vorzustellen, was es bedeutete, einen Linienbus durch die engen Straßen der Täler zu steuern. War man gar ein kleiner Held des Alltags? Eine Fernsehserie aus den 80ern fiel mir ein, von der ich damals keine Folge verpasst hatte. Sie erzählt die Abenteuer des LKW-Fahrers Franz Meersdonk und seiner Kollegen. „Sie fahren Terminfracht in aller Herren Länder. Auf sie ist Verlass", heißt es im Vorspann. Auch auf Onkel Leo war Verlass, er fuhr zwar nicht in aller Herren Länder, aber lang ersehnte Briefe von Liebsten in der Ferne oder Pakete mit Weihnachtsgeschenken bei Wind und Wetter ins kleinste Dorf. Und so reifte in mir der Entschluss, selbst „on the road" zu gehen und zu versuchen, den Touren der Kraftbusse zu folgen und die Atmosphäre, wie ich sie mir vorstellte, nachzuempfinden. An dieser Stelle meiner Geschichte müssen Sie wissen, dass ich eigentlich kein besonders mutiger Mensch bin. Ich nehme mir oft etwas vor und kurz vor der Durchführung bekomme ich Angst vor der eigenen Courage. Vor allem, wenn es darum geht, etwas alleine zu unternehmen.

Doch diesmal war es anders.

Nach langer Suche fand ich im Internet einen VW-T2, im Volksmund nur Bulli genannt, aus dem Jahr 1962, für dessen Pflege und Instandhaltung sein Besitzer mittlerweile zu alt geworden war. Der Wagen war erschwinglich und vor allem gut in Schuss, was wichtig war, denn wie ich bereits sagte, lassen Autos mich kalt. Reparieren kann ich keines, geschweige denn ein solches, dessen Kennzeichen mit einem „H" endet. Gut, dass der stolze Vorbesitzer, der mir die Schlüssel mit Tränen in den Augen übergab, nicht miterleben musste, wie das blasse Beige einem satten Postgelb Platz machen musste. Aber ich wollte meinen eigenen kleinen Kraftbus haben und deshalb musste der Bulli gelb sein.

Meine erste Fahrt führte durch das Höllental nach Titisee. Die Entscheidung für diese Route sollte ich bald bereuen. Es war zwar Sommer, aber mein „erstes Mal" verlief völlig anders als bei Peter Maffay. Ich startete die Fahrt zu spät, die Sonne stand schon hoch am Himmel, als ich den Bulli von Kirchzarten aus ins Tal lenkte. Bis zum berühmten Hirschsprung ging alles gut. Wie oft hatte ich als kleiner Junge vom Fond des elterlichen Autos aus nach dem Hirschen Ausschau gehalten. Keinem lebendigen natürlich, sondern einem aus Bronze, 1907 dort aufgestellt, wo sich Jahrhunderte zuvor ein dramatisches Ereignis abgespielt haben soll: Ein Ritter der nahen Burg Falkenstein sichtete bei einer Jagd im Höllental einen prächtigen Hirschen und folgte ihm. Das Tier spürte die Gefahr und rettete sich vor dem Tod mit einem gewaltigen Satz über die Schlucht. Der Jäger, getrieben von seinem Jagdinstinkt und alle Vernunft vergessend, sprang ebenfalls und fand den Tod.

Ich fing gerade an, die Geschichte tiefenpsychologisch zu deuten und in dem fliehenden Tier „das ewig lockende Weib" zu sehen, als ich ein Zischen hinter mir bemerkte. Normalerweise achte ich immer auf das, was auf der Straße hinter mir geschieht. An diesem Tag hatte ich jedoch genug damit zu tun, mein Fahrzeug ohne Servolenkung in der Spur zu halten. Das Zischen wurde stärker und brachte mich dann doch dazu, einen Blick in den Rückspiegel zu werfen. Leichter Qualm kam aus dem Heck meines Kraftbusses, der die Kraft zu verlieren schien, denn der Bulli wurde langsamer ... Und das musste ausgerechnet hier zwischen den auf beiden Seiten hoch aufragenden Felsen passieren, wo es weder Standstreifen noch irgendeine Abfahrt gab! Zum Glück war dieser Abschnitt bergwärts zweispurig, so blieb mir das Hupen der durch mich am Vorwärtskommen Gehinderten erspart. Ich tuckerte, ein leichtes Rauchwölkchen hinter mir herziehend weiter, vorbei am verlassenen, halb verfallenen Bahnhof „Hirschsprung", als endlich eine kleine Parkbucht auftauchte, in der ich meinen Bus zum Stehen brachte.

Doch was nun?

Hektisch sprang ich aus dem Wagen und lief nach hinten, wo sich bei diesem Modell der Motor befindet. Irgendetwas qualmte und zischte da im 4-Zylinder, doch zu meiner Erleichterung schien er nicht zu brennen. Ich öffnete die kleine Klappe. Zu sehen war nichts. Was hätte ich Laie auch sehen sollen? Ein Wagen hielt hinter mir, ein grüner Lada Niva 4x4. Liedzeilen fielen mir ein: „Komm, fahr mit mir im vier mal vier, / Spargelfelder zieh'n vorüber, wenn ich geh, komm ich nicht wieder." Ein Lied über die Spießigkeit und den Traum, davor zu fliehen.

Kurz überlegte ich, ob ich jetzt eine Vision hätte oder der Lada durch einen Wink des Schicksals genau jetzt und genau hier auftauchte. Doch die Wirklichkeit war profaner. Ein Mann stieg aus dem Geländewagen, auf dessen Dach ein Surfbrett festgezurrt war. Er war ganz in Grün gekleidet und trug das Wappen Baden-Württembergs auf dem Ärmel. Ich schätzte ihn auf Anfang dreißig. Die längeren, welligen Haare, das braun gebrannte Gesicht und das

Sportgerät auf dem Autodach ließen ihn eher wie einen Surfer an der Küste Kaliforniens wirken als einen Beamten der Forstverwaltung.

„Na, wo hapert's denn?"

Der Förster kam näher und betrachtete mich mit einem freundlichen, leicht belustigten Blick. Ich musste wohl sehr hilflos ausgesehen haben, was durch mein Schulterzucken unterstrichen wurde.

„Ich schau mir das mal an."

Ohne auf meine Antwort zu warten, kniete sich der grün Gewandete vor den Motor auf den Asphalt, betrachtete ihn eingehend und fummelte mit den Fingern darin herum. „Ah ja, nix Schlimmes." Er stand wieder auf und wischte sich die Hände an den Hosenbeinen ab. „Der Benzinschlauch ist an der Schelle gerissen. Die Temperatur des Motors, dazu die Sommerhitze und Ermüdung des Materials, dann kommt das schon mal vor. Sicher hat's gequalmt, als der Sprit auf den Auspuff getropft ist."

Jetzt nickte ich, immer noch stumm. „Aber Sie können schon reden, oder?" lachte der Förster.

„Ja, kann ich, aber was soll ich sagen? Ich hab' keine Ahnung von Motoren und somit auch keine von Benzinschläuchen und ihren Schellen."

„Wenn Sie möchten, kann ich das wieder in Ordnung bringen."

„Das geht so leicht?"

„Ja klar. Man muss nur ein Stück vom Schlauch abschneiden und dann wieder mit der Schelle festziehen."

Ich sah die Chance gekommen, meinem Onkel Leo noch ein Stück näherzukommen. Sicher hat auch er Benzinschläuche kürzen und Schellen festziehen müssen.

„Wenn Sie mich anleiten, würde ich das gerne selber tun."

Der Förster legte den Kopf schief. Er schien nicht recht zu wissen, was für ein komischer Vogel da vor ihm stand. Also erläuterte ich ihm in wenigen Sätzen, warum ich hier im Höllental war. Er pfiff durch die Zähne. „Das nenn' ich mal Courage, mit so einem alten Ding ohne technische Ahnung durch den Schwarzwald zu tuckern. Ihr Onkel muss Sie sehr beeindruckt haben."

Der surfende Förster oder försternde Surfer hatte den Nagel auf den Kopf getroffen.

„Also dann, ziehen wir's durch. Haben Sie Werkzeug?"

Er wartete meine Antwort, deren Inhalt er zu kennen glaubte, nicht ab, sondern drehte sich um und wollte seines aus dem Lada holen, als meine Antwort ihn stoppte: „Hab' ich!"

„Ein guter Anfang für den angehenden Oldtimer-Mechaniker."

Sein unbekümmert fröhliches Lachen fing an, mir auf die Nerven zu gehen. Aber ich brauchte ihn, also blieb ich still. Dann erlebte ich mein erstes Mal. Den Anweisungen des Försters folgend, löste ich mit einem Schraubendreher die Schelle, mit der die Benzinleitung am Motor befestigt war. Mit einem Cuttermesser schnitt ich das poröse Stück ab, schob den Schlauch auf den kleinen Stutzen und befestigte die Schelle wieder.

„Starten Sie mal", wies mich der Förster an, nachdem ich mich aus meiner knienden und gebückten Haltung erhoben hatte. Gespannt stieg ich ein und ließ den Motor an, dessen gemächliches Tuckern meine angespannten Nerven beruhigte. Im Seitenspiegel sah ich den erhobenen Daumen meines Lehrmeisters.

„Lassen Sie den Wagen nachsehen, wenn Sie wieder zu Hause sind. Genießen Sie unseren schönen Schwarzwald und gedenken Sie Ihrem Onkel!"

Mit diesen Worten stieg mein Retter in seinen Lada, winkte mir im Vorbeifahren noch einmal zu und verschwand bald hinter der nächsten Kurve. Ich brauchte einige Zeit, bis mir klar wurde, was ich gerade erreicht hatte, nämlich etwas zu tun, von dem ich glaubte, ich würde es nie können, weil ich zu ungeschickt für alles Handwerkliche sei. Ich war ein bisschen stolz auf mich und nahm mir vor, den Bulli auch nach dem Sommer zu behalten und an ihm herumzubasteln.

Meine zweite Fahrt fühlte mich in eine Region, wo der Schwarzwald seinem Namen mit tiefen Tälern und dunklen Wäldern alle Ehre machte. Sie begann für mich im Kinzigtal und führte zunächst bis Hausach. Dort wechselte ich den Fluss und folgte der Gutach, dem kleinen Nebenfluss der Kinzig, auf der B 500 zu jenem Ort, der dem Fluss den Namen gab. Oder war es umgekehrt? Egal, Gutach ist nicht wegen des Flüsschens bekannt, sondern, Sie wissen es sicher, wegen des Bollenhuts. Gutach ist einer von drei Orten, so hatte ich irgendwann gelesen, in denen er heute noch von den Frauen getragen wird, denn nur hier und nicht im ganzen Schwarzwald ist dieses monströs wirkende Gebilde aus Stroh zu Hause.

Ich parkte meinen gelben Bulli und spazierte durch die Straßen des Örtchens. Und was sah ich? Nichts. Jedenfalls keine Bollenhut-Trägerin, weder ledig, noch verheiratet. Ich sah junge Mädchen mit bauchfreien Tops, Mütter mit Jeans und Birkenstock-Sandalen, die den quengelnden Nachwuchs in die Ladeflächen von Lastenrädern stopften und ältere Frauen in unscheinbar gemusterten Sommerkleidern, die züchtig bis weit unter das Knie gingen. Nun gut, ich war ja nicht wirklich auf der Suche nach einem unverheirateten Schwarzwaldmädel, ich war überhaupt nicht auf der Suche nach einer Frau. Während ich zu meinem Wagen zurückging, fragte ich mich, ob in den Bus meines Onkels wohl Frauen mit Bollenhut eingestiegen waren. Ich erinnere mich nicht, dass er je davon erzählt hätte.

Die Fahrt ging weiter nach Hornberg, wo ich kurzzeitig erstarrte. Aber nicht aus Angst oder Ehrfurcht, nein aus blankem Entsetzen über ein wahres Vergehen gegen jedes Traditionsbewusstsein: „House of Black Forest Clocks" stand in riesigen weißen Lettern auf rotem Grund. Daneben in Blau der Hinweis auf einen Parkplatz.

Dieses Haus wollte ich mir genauer ansehen, daher parkte ich dort, wohin der Pfeil die Kunden locken wollte, und fragte im Geschäft bei einer ununterbrochen lächelnden Dame mit osteuropäischem Akzent nach.

Ja, das sei halt wegen der Touristen aus Amerika und Japan, neuerdings auch aus China. Die kauften die Uhren wie verrückt, während sich die deutsche Kundschaft mehr oder weniger nur umsehe. Man sei aber ein Unternehmen, das bis ins Jahr 1730 zurückgeführt werden könne. Und man stelle die Uhren immer noch handwerklich selbst her. Ich solle mir auch mal die Uhrenspiele ansehen, gleich nebenan.

Dann musste die Dame ein Paar mittleren Alters, das unschwer als US-Amerikaner zu erkennen war, beim Kauf einer Kuckucksuhr beraten.

Links neben dem geschmacklichen Horror-„House" stand und steht wohl immer noch die laut Guinness-Buch der Rekorde „Breiteste Kuckucksuhr" der Welt in der Form eines typischen Schwarzwaldhauses. Drei Balkone umrahmen das Ziffernblatt und auf ihnen bewegen sich Schwarzwaldmusikanten, einander zuprostende Stammtischbrüder und Schwarzwälder Trachtenpaare. Oben aus dem Kamin lugt ein Kaminfeger hervor. Mir war das zweifelhafte Vergnügen vergönnt zu erleben, wie Wachtel und Kuckuck eine neue Viertelstunde einflöteten.

Mich hielt es nicht länger an diesem Ort. Meine nächste Station sollte Triberg sein, also steuerte ich den Bulli wieder auf die belebte Bundesstraße. Große, schwere Autos mit Kennzeichen aus dem ganzen Land überholten mich, ich überholte Radfahrer, die aussahen, als hätten sie bei der Tour de France eine falsche Abzweigung genommen. Dann sah ich vor mir am Wegesrand einen Wanderer, ein kleines Männlein mit übergroßem Rucksack, der sich langsam den Berg hinauf quälte. Im Vorbeifahren sah ich ein faltiges Gesicht, von dem aus ein grauer Bart bis auf die Brust reichte. Ich fuhr an die Seite, hielt an und wartete, bis der Wanderer meinen gelben

Kraftbus erreicht hatte. Ich war gewillt, einen Passagier an Bord zu nehmen.

„Wohin des Weges?", rief ich durchs geöffnete Fenster in einem Tonfall, von dem ich annahm, er passe in diese Gegend und zu dieser Situation.

„Nach Furtwangen". Eine erstaunlich kräftige Stimme hatte die knappe Antwort gegeben.

„Ich habe den gleichen Weg und kann Sie mitnehmen." Das war nicht gelogen, denn Furtwangen sollte die Endstation dieser Fahrt sein. „Steigen Sie ein!"

Der Mann sah mich mit dunklen Augen an, dann nickte er knapp und nahm seinen Rucksack ab. Erst jetzt wurde mir klar, wie riesig dieses Gepäckstück im Vergleich zur Körpergröße des Mannes war.

„Warten Sie!"

Der Alte stutzte. Sobald es der Verkehr zuließ, stieg ich aus, umrundete den Bulli und öffnete die Schiebetür zum Fond. Dann half ich dem Wanderer, seinen Rucksack im Wagen zu verstauen.

„Das ist wirklich nett von Ihnen". Der Alte bemühte sich um Hochdeutsch, doch der gutturale Schwarzwälder Dialekt war deutlich zu erkennen. „Sie haben ein lustiges Auto." Ich musste schmunzeln, stellte mich vor und erklärte meinem Fahrgast den Hintergrund des gelben Bulli.

„Sehr gut", meinte er, „Sie mögen die alte Zeit. Ich bin der Beha Josef, Uhrenträger."

Als er meinen fragenden Blick sah, erläuterte er: „Ich laufe von Ort zu Ort und verkaufe Schwarzwalduhren." Er deutete nach hinten auf seinen Rucksack. „Schon in der sechsten Generation laufen wir Behas mit Uhren. Den Anfang machte Franz Beha selig, den alle den Mühle-Franz nannten."

„Kann man davon leben?" Ich berichtete von meinen Erlebnissen in Hornberg.

Josef Beha lachte kehlig. „Die Konkurrenz ist sehr stark. Aber ich geh direkt zu den Touristen in die Pensionen. Das hat schon der Franz gemacht. Die Fremden finden es drollig, eine Uhr von einem richtigen Uhrenträger zu kaufen. Aber es ist schon mühsamer geworden als früher."

Ich bewunderte den Mann, der sich gegen die Zeitläufte stellte und beharrlich sein Gewerbe betrieb. Er musste schon an die achtzig sein und war wohl immer noch recht gut zu Fuß.

Als ich ihm das sagte, lachte er: „Ich hab' früher öfter den Postbus genommen. Da waren die Fahrkarten noch günstig. Heute kann ich mir das nicht mehr leisten, die Bahn schon gar nicht."

Ob er meinen Onkel Leo gekannt habe, fragte ich, doch dann wurde mir klar, dass er damals noch ein Kind gewesen ist. Doch zu meiner Überraschung bejahte er. „Da war so ein junger Fahrer, der kam nicht von hier, sprach Hochdeutsch. Meine Mutter und ich sind ein paar Mal mitgefahren. Er hatte immer gute Laune und war sehr hilfsbereit. So was gibt es heute auch nicht mehr."

Er seufzte, und ich stimmte mit ein.

Wir unterhielten uns über die Zeit, als der Schwarzwald noch ein Touristenmagnet war und viele Hotels, die heute als Geisterhäuser am Wegesrand stehen, voller Leben waren. Wir durchfuhren Triberg und ich verzichtete, mir die Wasserfälle anzusehen. Vor einem Hotel stand eine überdimensionale, bunt bemalte und mit Glanzlack überzogene Figur eines Uhrenträgers.

„Der größte der Welt", bemerkte Josef trocken. „Das können sie hier. Kitsch aufstellen. Aber wenn man mal drum bittet, etwas Unterstützung zu bekommen, wenn's in der Kasse mal knapp ist, dann geht die Tür zu. Da darf ich auch nicht rein." Der alte Uhrenträger deutete auf das Hotel.

„Die Orte im Schwarzwald haben es nicht leicht, die Konkurrenz wächst.

Man muss den Touristen etwas bieten, auch wenn uns das nicht gefällt", hörte ich mich sagen.

Ich wusste, dass Josef nicht meiner Meinung war, aber er behielt es für sich. Schlagartig wurde mir klar, dass ich vor meiner ersten Fahrt mit dem gelben Bulli doch selbst einer jener Touristen war, die überall einfallen und ihren Spaß suchen, ohne auf echte Traditionen Wert zu legen oder gar die Lebensweise und Bedürfnisse der Einheimischen zu respektieren. Ob in Spanien oder im Schwarzwald, es war überall das Gleiche. Und es war mir jetzt peinlich.

Viel zu schnell erreichten wir Furtwangen, ich hätte gerne noch länger mir Josef Beha über seinen Beruf, der wie so viele andere eigentlich schon ausgestorben war und das Leben im Schwarzwald gesprochen. Beim Händedruck zum Abschied und dem Gedanken, den sympathischen Alten wohl nie wiederzusehen, umgab Traurigkeit mein Herz.

*

// Das langsam niedersinkende Weiß vor den Fensterscheiben hatte sich inzwischen zu einer lückenlosen Fläche verdichtet. Wie hoch der Schnee wohl lag? Dirk, der die nächste Runde Jagertee hereinbrachte, bestätigte unsere Vermutung.

„Nicht zu glauben: Wir sind eingeschneit."

Obgleich dieser Ausdruck manch finstere Assoziation in uns weckte, waren wir heilfroh, jetzt hier drinnen zu sein ... Und nicht wie unser unliebsamer Ausbrecher irgendwo im Unwägbaren einer beginnenden Schneenacht. Ich stellte mir vor, wie er durch seltsame Wälder hetzt, Schnauben im Rücken, dann schlägt ihm ein Zweig ins Gesicht, er strauchelt, will schreien, doch die Paralyse ergreift von ihm Besitz ... Und er fühlt, wie ihn etwas von hinten packt.

„Ob sie ihn schon hat?"

„Wer wen?"

„Na die schwarze Fee diesen Schotterbach, den Aufschneider."

Zum Glück fiel Steinheimer eine Pointe ein, womit er die ängstliche Atmosphäre sofort aufzulösen verstand: „Die spuckt ihn sicher wieder aus, bei dem Rasierwassergeschmack ..."

Nur Scherzinger riet, sich nicht lustig zu machen. Vorsichtig lugte er zu der alten Frau im Kachelofeneck hinüber, doch die war eingeschlafen.

„Sollte es uns nicht zu denken geben, dass über diese Guta schon sehr viel länger berichtet wird als es ... sagen wir Elektrizität im Schwarzwald gibt? Oder Omnibusse?"

Während Wegners Erzählung hatte sich auch die junge Frau aus dem Herrgottswinkel an unseren Tisch herüber begeben. Nur ich hatte das bemerkt, denn es geschah gewissermaßen geräuschlos. Ungewohnt aufmerksam, nickte ich ihr zu, was sie mit einem winzigen Schmunzeln quittierte. Was war das nur? Warum musste ich sie immer ansehen, ja bestaunen? Sensible Frauen hatte ich mir bis dato immer vom Leibe gehalten – ich habe regelrecht Angst vor denen! Alles bringen sie durcheinander, stören die Reibungslosigkeit der Abläufe, wollen immer was, machen nichts richtig mit ... und führen allen anderen vor allem vor Augen, dass sie vom Leben sehr wenig mitkriegen.

So wie ich.

Wie es sich für einen ordentlichen Hüttenwirt gehört, legte Dirk zwei kolossale Holzscheite nach und sorgte für weiteren Jagertee. Es war unglaublich, wie das Zeug in einen hineinlief. Überhaupt keine Sättigung schien es zu geben, auch kein Gefühl von Dusel oder Übelkeit stellte sich ein, ein wahrer Wundertrunk. Mit viel Fingerfertigkeit hob Dirk die brühheißen Gläser vom Tablett und stellte sie vor uns ab.

Auch die neue Tischgenossin widerstrebte nicht.

Weniger schüchtern als ich erwartet hatte, stellte sie sich vor. Ihre Stimme klang warm und hell. Sie heiße Nina und wohne im Goldgrund.

„Im wo?", brach es aus Wegner heraus.

„Das ist ein Seitental vom Glottertal", klärte sie ihn freundlich auf.

Sie müsse sich entschuldigen, dass sie alle Geschichten mitangehört habe – andererseits sei ihr ja keine andere Wahl geblieben. Um aber einen Ausgleich herzustellen, wolle sie nun auch etwas beitragen; das könne ein Weilchen in Anspruch nehmen, doch wer weiß, vielleicht sei bis dahin ein Schnee-pflug zu uns vorgedrungen, und dann habe ihre kleine Lebensbeichte einen doppelten Sinn gehabt.

„Eine Lebensbeichte, soso", ließ sich Steinheimer vernehmen und fing sich einen tadelnden Blick von mir ein, hatten wir es doch zweifellos mit einem au-ßerordentlich empfindsamen Exemplar der mensch-lichen Gattung zu tun. In Gerts Mimik mischten sich Verwunderung und Belustigung: Was ist denn mit dir los?, ließe sich das Mienenspiel übersetzen. So kenn ich dich ja gar nicht!

Nina erzählte. Ich versuche, das Wesentliche hier wiederzugeben. //

Goldgrund

Der Goldgrund bestand aus einem ackerweiten Nutzgarten und einem kleineren, der, von Staketen umfriedet, vor dem Bauernhaus blühte, zu jeder Jahreszeit, mit hübsch zueinander gruppierten Büschen und Blumen. Natürlich gehörten auch Gebäude dazu, das Haupthaus freilich, gar nicht typisch für den Schwarzwald, aber solide und dunkelrot aus Sandstein gemauert und mit einem Walmdach versehen, daneben das ehemalige Knechtshäuschen, das bis auf eine Seitenmauer aus Holz bestand sowie ein prächtiger Stall, auf dessen Bau man einst am meisten Wert gelegt haben mochte, denn er war dreistöckig und hatte eine mehr denn viermal so große Grundfläche wie das Wohnhaus.

Von alledem sah man aber fast nichts, wenn man sich dem Goldgrund näherte, ob am Bach entlang durch das Tal oder von der Höhe her durch alten Mischwald oder aber über den kleinen Weinberg – was hatte der hier eigentlich verloren, abseits der Rheinebene und 300 Meter hoch gelegen? –, denn der Garten dominierte alles und ließ auch von den menschlichen Behausungen nicht ab, die er bewucherte mit Efeu und Wicken und Bohnengerank.

Über den Spezialnamen dieses verborgenen Winkels musste Nina nie nachdenken, denn zum Zeitpunkt ihres ersten Besuchs gehörte alles den Goldruten, assistiert von Sonnenhut und Sonnenblume, vor allem aber von hunderten Nachtkerzen, die sich zwischen Dahlien und Gladiolen, Sommerflieder und Wegwarte, Malven und Stockrosen zu einem Spektakel vereinten, das hier am Ende des Seitentals eines Seitentals niemand von außerhalb erwartet hätte. Wer sich ein wenig auskannte, registrierte bei aller Wüchsigkeit nach diesem nassen Sommer, dass der Nutzgarten jener Systematik entsprach, wie sie in Klöstern üblich gewesen ist: Die vier Hauptfelder waren in wiederum vier Segmente unterteilt, und in jeder Mitte erhob sich ein Obstbaum. In der Mitte der Mitte, das stand zu erwarten, befand sich – Wasser. Zwar kein Brunnen mit romanischen Heiligenfiguren, aber doch immerhin eine Pumpe mit grünem Kopf und hölzernem Schwengel.

„Entweder sie schließt dich sofort ins Herz, oder wir können gleich wieder fahren. Mach dir nichts draus, das ist bei Tante Gunhild so“, hatte Tim seine Reisegefährtin vorbereitet.

Noch bevor Nina ermessen konnte, was davon abhing, war es bereits geschehen.

„Da hast du aber ein Goldstück mitgebracht!",
lächelte Gunhild ihren Neffen an und schüttelte Nina
zum Willkommen beide Hände.

Die musste auch lächeln, wenngleich verwirrt und
bezaubert von diesem Refugium und der betagten
Frau mit dem blassblau schimmernden Dutt, und
es fiel ihr überhaupt nichts ein als: „Guten Tag."

Schon als sie in das Schwarzwaldtälchen abgebogen waren, hatte Nina etwas in sich aufsteigen gespürt, sie wusste noch nicht, ob Angst oder Vorfreude
oder eine Mischung aus beidem. Doch dann sah sie
das Schildchen, auf dem in altmodischer Schrift
„Goldgrund" zu lesen war. Und es fiel ihr Blick auf
diesen Riesengarten, der drei Gebäude zu dulden
schien, mehr aber nicht.

„Was hast du?", traute sich Tim schließlich zu
fragen, als Nina zwar ausstieg, aber nicht weiterging.
„Bist du traurig?"

„Ja. Ist aber nicht schlimm."

„Ach so."

Sie sprachen oft nur in Andeutungen miteinander.
Niemals musste Nina etwas erklären, auch wenn
Tim ihr Verhalten sonderbar vorkam. Was ihm diesen außerordentlichen Gleichmut ermöglichte, diese
freundliche Ruhe und gelassene Zutraulichkeit, er
hätte es selber nicht zu sagen gewusst.

„Mein Opa war auch so. Sagt meine Mama."

Mehr musste man dazu nicht wissen.

Das Parterre in Gunhilds Haus bestand aus einem einzigen quadratischen Raum, der von diesem altmodischen Blassblau bestimmt war, das ihre sorgsam hochgesteckten Haare bereits angedeutet hatten. Die Wände waren so gestrichen, in einer haltbaren Ölfarbe, die Vorhängelchen hatten auch diese Farbe und die meisten Keramikkannen ebenso, die auf dem Tisch, auf den Fenstersimsen und auf den Brettern standen, welche statt Küchenschrank zwischen Herd und Spüle hingen. Die größte der Kannen prangte als Vase auf dem Tisch; ein Goldrutenbündel ragte daraus hervor.

Bevor Nina ihr Staunen in anerkennende Worte fassen konnte, hielt sie schon einen Kessel in der Hand.

„Du kannst gern Wasser holen. Tim, zeigst du ihr die Quelle?" Dabei äugte Gunhild schräg zu Nina hinüber. „Wasser holen ist Frauensache."

Neben der Tür des Knechtshäuschens hatte jemand vor langen Zeiten die hofeigene Quelle in Sandstein gefasst. Obwohl Tante Gunhilds Weiler seit Jahrzehnten an Strom und Trinkwasser angeschlossen war, kochte sie ausschließlich mit dem aus der Quelle.

Nina hielt ihre Arme in den Strahl – und zog sie sogleich zurück.

„5,5 Grad", informierte sie Tim, der nach Jungenart, ohne die Hände zu benutzen, seinen Mund darunter hielt, dass es spritzte.

„Lass mir auch noch was!"

Nina versuchte ihn wegzudrücken, und als das nicht funktionierte, zerrte sie an ihm, ebenfalls ohne Erfolg.

Natürlich kam Tim der Einfall, Nina nass zu spritzen, doch er befürchtete, dass sie das nicht leiden mochte, also trat er schließlich zur Seite und verbeugte sich sacht: „Bitte –."

Als sie ins Haus zurückkehrten, fielen Nina die Gerüche auf ... Da war Holzfeuer, da war ein Kräutersud, der seitlich auf dem Herd brodelte, und da war etwas Frisches, Belebendes, Reines, das sie keinem bekannten Duft zuordnen konnte.

Noch einmal wurden die Gäste losgeschickt, diesmal mit dem Mostkrug: den durfte Tim tragen.

Auf dem Vorplatz befand sich ein gemauerter Kellereingang. Gemeinsam öffneten sie die Flügel einer Metalltür und stiegen einige Steinstufen hinunter. Auch hier dieselbe Reinlichkeit und Ordnung, so, als hätte die Tante jeden Abstand aller Gegenstände zueinander penibel ausgemessen. Eingemachtes in Fülle, aber auch Kartoffeln und Äpfel auf der einen, Zwiebeln und Rüben auf der anderen Seite, Gartengeräte, wohl poliert, Holzleitern, verschieden hoch, blassblau schimmernde Tontöpfe. Und in der Mitte ein großes und ein kleines Holzfass.

Nina hielt den Krug unter den Hahn des kleineren, aber Tim legte seine Hand auf die ihre: „Das ist für Sonntag. Da ist der Wein drin. Heute gibt es Most. Wenn er dir nicht schmeckt, keine Bange. Eigentlich schmeckt er nur Tante Gunhild."

Während das trübe, sehr herb und ein wenig nach Fäulnis riechende Gebräu in den Mostkrug kringelte, begann Tim etwas mehr von ihrer Gastgeberin preiszugeben.

Gundhild war der einzige Mensch in der Familie, der jemals studiert hatte, so eine Geisteswissenschaft, gleich nach dem Krieg, in Freiburg. Ausgesprochen schlau und eigenwillig, so sagt man, soll sie gewesen sein. Warum sie das Studium abbrach und hierher in den Goldgrund zog, um sich „vor der Welt in Sicherheit zu bringen", wie sie das nannte, weiß niemand genau.

Selbstverständlich wurde getuschelt, eine Liebschaft sei der Anlass gewesen, mit einem hochberühmten Professor, der aber nach alter Sitte zu seiner Familie zurückgekehrt sei ...

Tim erzählte das nicht zynisch, nicht einmal amüsiert, sondern fast lapidar und so zurückhaltend, wie es Gunhilds Art eben entsprach. Nina freute sich über sein feines Gespür, und sie sagte es ihm.

„Das hat noch niemand von mir behauptet", grunzte Tim.

„Dann hast du nur blöde Leute gekannt."

Inzwischen hatte die Tante den Holztisch gedeckt – zehn oder zwölf Personen hätten ohne zu drängeln daran Platz gefunden, und das Essen wäre ebenfalls ausreichend gewesen: Wiederum in exakten Abständen zueinander standen da Schüsseln und Platten in erstaunlicher Anzahl. Jede enthielt nur eine Speise: Da leuchteten Radieschen, gewaschen und frisch, dort geschnittene Gurken, mit Kräutersalz bestreut, es gab Pellkartoffeln, aber auch Brot, das hatte sie bei einer Nachbarin eingetauscht, ebenso wie die drei Rahmkäse, denen Kümmel, Paprika und klein geschnittene Zwiebeln zugeordnet waren, außerdem wölbte sich grüner Salat aus einer Schüssel, bestreut mit vielen Kräutern, daneben schimmerte ein dicker Klops Butter, Salz und Pfeffer standen extra auf einem Servierteller, und im Halbkreis angeordnet Tellerchen mit sauer Eingelegtem.

„So viel!", brachte Nina heraus.

„Es ist die Jahreszeit", entgegnete Gunhild.

Ohne es zu bemerken, verzehrte Nina sehr viel mehr als gewöhnlich. Zu Beginn des Mahles führte die Tante eine kurze Bewegung aus, die ein Segen sein konnte. Nach einer Weile erkundigte sie sich, was die Neue von Tee und Most halte.

Nina schmunzelte: „Im ersten Moment recht fremd. Aber ich glaube, ich würde gar nichts anderes mehr trinken wollen, wenn ich mich daran gewöhnt hätte."

Über eine Stunde saßen sie so beisammen und schmausten. Nina wollte alles wissen, was mit dem Garten zu tun hatte, und warum er derartige Dimensionen habe.

„Ich muss ja davon leben, bin sozusagen eine Gartenbäuerin. Außerdem war hier mal ein Kloster, St. Hedwig, hieß es, da sind die Abmessungen wohl noch von damals übrig."

„Also doch!"

Nina wurde immer redseliger, schließlich wagte sie eine etwas indiskrete Frage: „Aber warum sind hier keine Tiere? Also Hühner, Katzen ...?"

„Die würden wohl gut hierher passen, das stimmt. Aber Hühner hat eine Freundin im Dorf jede Menge. Außerdem verreise ich manchmal – eine Angewohnheit von früher – das ginge dann ja nicht mehr."

Bei den Katzen liege die Sache anders: Da binde man sich zu sehr, nicht vom Zeitaufwand her, sondern vom Herzen. In ihrer Jugend habe sie mit einer Katze zusammengelebt; der Abschied nach über zwanzig Jahren sei ihr so sehr „in die Seele geschlagen", dass sie sich bis heute in einer Art Nachtrauerphase befinde.

„So etwas will ich mir nicht noch mal antun."

Nina musste schlucken und sagte nichts, aber Gunhild realisierte sogleich, dass sie verstanden worden war. Dann entschuldigte sie sich: Nach dem Mittagessen werde sie immer müde und müsse sich schlafen legen.

„Noch so eine Angewohnheit."

Ihre Gäste durften nichts wegräumen helfen, das störe doch nur den Mittagsfrieden und könne ebenso gut später erledigt werden. So begaben sie sich ins Freie und schlenderten im Sonnenschein durch die fromme Gartenanlage, bis sie zum Hintertürchen kamen. Tim öffnete. Sie spazierten an einem Bach entlang, bis sie an eine Stelle gelangten, wo silbrig glänzende Buchenstämme lagen, vor längerem gefällt und zum Trocknen zurückgelassen. Gleichzeitig mussten sie gähnen, betteten sich auf das warme Holz und holten versäumten Schlaf nach. Nina versuchte, so lange liegenzubleiben wie möglich, obwohl ihr der Rücken an mehreren Stellen wehtat, aber sie argwöhnte, schöner würde es nie wieder werden.

Zum Kaffee gab es Apfelstrudel, der ihnen üppig entgegen duftete, als sie in den Garten zurückkamen. Und abends backte die Tante Pasteten mit verschiedenen Füllungen, sogar eine mit Schnecken.

„Wir sind ja hier nicht so weit vom Elsass."

Dazu reichte sie wieder grünen Salat.

„Das ist der beste, den ich je gegessen habe", gab Nina zu.

Gunhild nahm das Lob auf ihre Art: „Ich hab' hier halt die Kräuter."

Nina trank Most, bis sie Bauchweh bekam. Nachts im Besuchszimmer lag sie auf Tims linkem Arm und hörte dem Bach zu und dem Wind in den Bäumen. Zur Belohnung durfte er am Morgen zum ersten Mal einen ausgewachsenen Nervenzusammenbruch erleben; bisher hatte sich Nina immer einigermaßen im Zaum gehabt. Bisher ... Er wachte auf von ihrem Gewimmer, dabei hatte sie sich die Bettdecke in den Mund gestopft, um ihn nicht zu stören. Die Tränen kamen stoßweise, dazu produzierte ihr Mund Geräusche, die Tim an den Film „Der Exorzist" erinnerten. Nina forderte ihn auf, sie festzuhalten, sonst fliege sie auseinander. Tim gab sich Mühe, aber die Tobsüchtige hatte viel mehr Kraft, als er angenommen hatte. Endlich fing sie an zu schreien, in einer so verzweifelten Weise, als wäre eben jemand gestorben, nicht irgendwer, sondern das wichtigste Lebewesen von allen.

Und eine Etage tiefer schlief die Tante.

Jetzt schlief sie vermutlich nicht mehr.

Nina wurde erst heiser, dann erschöpft und schließlich so kraftlos, dass sie vom Bett gerutscht wäre, hätte Tim sie nicht vorher eingesammelt. Sie lag über

seinen Beinen und vibrierte, seltsam gleichmäßig.
– Nicht nur einmal hatte sie ihn gewarnt, was ihm
bevorstehe, wenn „es" wieder so weit sei; sie könne
ihm nur raten, rechtzeitig das Weite zu suchen ...
Da hatte er noch gelächelt. Jetzt aber standen auch
ihm Tränen in den Augen, Tränen des Entsetzens,
dass so etwas auf Erden überhaupt möglich war. Er
traute sich nicht einmal, Nina beruhigend zu streicheln. Erst nach abermals einer vollen Stunde, da
hatte sie die Augen auf, sah ihn aber nicht an, flüsterte er, ob es denn einen Anlass gegeben habe.

Mit einer Stimme, die ihn mehr grauste als der
gesamte Ausbruch zuvor, antwortete sie: „Ich will
hier nie wieder weg."

Tim stutzte. Dann dachte er nach. Und zuckte
mit den Schultern. „Musst du doch nicht."

Leider löste diese Aussicht von Neuem einen Schub
aus, aber diesmal weinte sie nur, nicht krampfhaft
wie eben, sondern gewissermaßen ruhig und ohne
aufzuhören, lange, lange.

„Wenn das wahr wäre ..."

„Ich frag' die Tante."

Die hatte wohl schon länger gewartet. Jetzt stand
sie am Herd, streute Schnittlauch über die Omeletts.
Diskret und klug, wie sie nun einmal ausgestattet
war, stellte sie nur eine einzige Frage nach dem Lärm
am frühen Morgen.

„Ihr habt euch aber nicht gestritten?"

Beide schüttelten den Kopf.

„Überhaupt nicht", ergänzte Nina und wollte anfangen zu erklären.

Aber sie kam nicht dazu.

„Du brauchst Ruhe, mein Kind."

Bei dem Wort „Kind" prustete es aus Nina noch einmal heraus – zum Glück hatte sie noch nichts von dem Kaiserbrötchen mit Quark und Himbeermarmelade im Mund.

„So viele Tränen", sagte die Tante zu sich selbst und nickte. „Aber man kann ja nicht anders. Zumal in dem Alter ... Es sei denn, man ist völlig stumpf. Oder ein Heiliger wie mein Tim."

Jetzt prustete er.

Allerdings hatte er schon in sein Brötchen gebissen.

Tim trank seinen Kaffee aus. Von diesem Teegebräu rührte er nie was an. „Tante, kann die Nina ein bisschen bei dir bleiben?"

„So lange du willst, mein Kind."

Gunhild tat so, als bemerke sie nicht, dass auch dieses Angebot ihren empfindsamen Besuch überforderte und erzählte drauflos, dass sie einen Eingriff vor zwei Jahren mehr schlecht als recht überstanden und seither kaum mehr über die Hälfte der Kraft von vorher verfüge. Außerdem, sie schätze die Einsamkeit an Herbst- und Winterabenden nicht mehr so sehr wie früher – vermutlich eine Alterserscheinung. Nicht, dass sie permanent Gesellschaft um sich benötige, aber jemanden in der Nähe zu wissen ..., nun, das halte sie doch allmählich für angebracht. Falls sie noch nicht „herinnen" gewesen sei, könne Tim ihr das „Knechtshäusle" gern zeigen. Der Name müsse sie nicht stören.

„Muss ich dann gar nicht mehr nach Mannheim?" Nina nahm ihren ganzen Mut zusammen, und ihre Mimik machte deutlich, welche Furcht sie davor hegte, noch einmal dieses Zimmer zu betreten, das sie vorletztes Jahr angemietet hatte, nur um eine Adresse vorweisen zu können. Im ersten Moment schon hatte sie es gehasst.

Die Tante sah zum Neffen hinüber, der schluckte das letzte Stück Omelett hinunter und blickte Nina aufmunternd an: „Ich mach' das."

Da sprang sie auf, gab ihm ohne Scheu vor der Tante einen Kuss.

Und dann gingen sie nach „herinnen."

Wie bei dieser Frau nicht anders zu erwarten, erwies sich auch das Nebenhaus als aufgeräumt und reinlich. Zwei kleinere Räume lagen hintereinander; das Bad war winzig, aber eine Wanne stand darin. Tim blieb in der Tür stehen und beobachtete Nina, wie sie in wenigen Minuten ein paar Gegenstände, die dem Ungeschmack der Sechziger und Siebziger

Jahre entstammten, in die Speisekammer räumte, ein Tischchen und zwei Stühle ans Fenster rückte und das Bett, eher eine Liege, unter das andere Fenster schob. Danach glich das Zimmerchen der Spezialabteilung eines Heimatmuseums, wo man dem verwöhnten Publikum einen Eindruck vom kärglichen Leben früherer Jahrhunderte zu geben gedenkt.

Mit einem Mal aufgedreht und sozusagen gegenteiliger Stimmung als noch wenige Augenblicke zuvor, pochte Nina gegen sämtliche Wände. Wie sie angenommen hatte, waren alle aus Fachwerk und Füllmaterial gebaut, bis auf jene Seitenwand, die schon von außen einen besonders altertümlichen Eindruck gemacht hatte. Das Fenster wies eine Sandsteineinfassung und einen kleinen Rundbogen auf. Nina platzierte eine Alabastervase auf den Sims, damit es nicht so leer aussah. Dann strich sie an Tim vorbei, lief in den Blumengarten und kam mit einer Schmetterlingsfliederrispe zurück. Sie ließ ihn daran riechen, roch selbst daran, steckte sie in die Vase und richtete sie zur Seite aus.

„So", sagte sie.

Und nach einer Weile: „Kann es sein, dass die Wand da ... noch von diesem Kloster übrig ist?"

„Das musst du die Tante fragen", gab Tim seine Unwissenheit preis. „Ehrlich gesagt, habe ich mir nie darüber Gedanken gemacht."

„Aber ich."

„Na klar."

Um Nina – aber auch sich selbst – den Abschied zu erleichtern, schlug er vor, „die erste Nacht im neuen Heim" gemeinsam zu verbringen. Als sie vom Abendspaziergang zurückkamen, hatte Gunhild das Bettchen frisch bezogen. Allerdings erwies es sich als so schmal, dass sich Tim schließlich herauswand und ein Lager auf dem Teppich vorzog. Auf Dauer war das hier nichts für ihn. Aber für Nina: Die schlief so klaftertief und ließ sich nicht einmal durch das Morgenlicht stören, das von der Gardine kaum abgeschattet wurde; hier musste also noch etwas geändert werden, sinnierte Tim, und dann schlummerte auch er noch einmal ein. Als er aufwachte, lag Nina neben ihm. Sie hatte die Steppdecke über ihn gezogen und die Arme um ihn gelegt.

„Du sorgst ja für mich ...", räusperte er sich. „Wie eine ..."

„ ... gute Fee", vollendete sie den Satz. „Ja, bin ich."

Am Mittag kam Tim in Mannheim an, lieh sich einen Transporter, erledigte die Formalitäten und packte die wenigen Dinge zusammen, die Nina in der anonymen Mietwohnung aufbewahrt hatte. – Am Abend desselben Tages ordnete Nina im Knechtshaus einige Dinge neu an. Darüber geriet sie ins Träumen und bemerkte nicht, wie unterhalb von ihrem Fenster Tante Gunhild Aufstellung nahm. Zu ihrer blassblauen Haartracht trug sie ein Kleid von derselben Farbe, hochgeschlossen und so elegant als wolle sie ausgehen.

„Ich wollte dich nicht stören …"

„Nein, keineswegs."

„Aber magst du vielleicht etwas zu Abend mit mir essen? Befürchte nicht, dass ich jetzt jeden Tag um deine Gesellschaft buhle, aber du hast ja noch gar nichts eingekauft."

Auf dem Weg ins Haupthaus wagte Nina ein Kompliment, das feine Kleid betreffend. Es sei fast ein halbes Jahrhundert alt, griente die alte Dame, sie trage es aber immer noch gern – aus purer Eitelkeit, denn es beweise ihr, dass sie mit Fleiß und Disziplin ihre Figur gehalten habe. Als Nina nicht recht wusste, was sie dazu sagen sollte, hörte sie Gunhild zum ersten Mal laut herauslachen: Sie hörte sich an wie ein Mädchen. Nina war froh darüber, dass man sich auch in der Einsamkeit Temperament und Fröhlichkeit offensichtlich bewahren konnte. Das erste Glas Most nutzte ihre Gastgeberin, um das förmliche „Sie" aus der Welt zu schaffen. Nina wehrte sich nicht und versprach sich fortan nicht ein einziges Mal.

Sie aßen Speckbrot mit Meerrettich und wieder allerlei Frisches aus dem Garten. Ach, der Garten … Jetzt wollte Nina natürlich endlich erfahren, was es mit diesem Kloster auf sich habe, und ob der Gewannname denn nicht darauf zurückzuführen sei.

„Es klingt danach, nicht wahr? Ich habe mir immer vorgestellt," Gunhild goss aus dem Mostkrug nach, „wie die alten Nonnen hier Bilder gemalt und dabei eimerweise Blattgold verschwendet haben."

Tatsache sei allerdings, dass es so gut wie nichts über die heilige Stätte zu erfahren gäbe. Das einzige Zeugnis sei ja diese Wand am Knechtshaus.

„Also doch!", machte Nina.

Sie sei schon mehrmals in Freiburg im Archiv gewesen, berichtete Gunhild weiter, da sie einfach nicht einsehen wollte, dass es keinerlei Dokumente über diese Weihestätte gäbe: „Wenigstens eine blöde Schenkungsurkunde oder dergleichen!"

Der Archivar nehme an, es habe sich um eine winzige Filiation gehandelt, die frühzeitig aufgegeben, vielleicht auch geplündert und zerstört wurde, und was dann mit den Nonnen geschah …

„Das wollen wir doch aber nicht hoffen", drückte sich Nina großmütterlich aus.

Sie meinte es aber bitterernst.

„Mit der Geschichte weiß man nie", seufzte Gunhild und führt den Gast an ihren Bücherschrank.

Auf der einen Seite standen historische Werke, nicht wenige mit Regionalbezug, daneben Standardwerke der Geistesgeschichte von Lao-Tse über Aristoteles bis Heidegger. Auf der anderen hatte sie ihre Romane postiert. Nina las die Namen: Elisabeth Langgässer, Irmgard Keun, Leonor Fini, Charlotte Brontë, Ingeborg Bachmann, Marieluise Fleißer, Bertha von Suttner, Ricarda Huch, Françoise Sagan ...

„Na so was ...“

„Ja?“

„Nur Frauen.“

„Ich finde, Männer können einfach keine Prosa. Vor allem können sie nicht über Frauen schreiben, ohne ... Na, du weißt schon.“

Und sie forderte Nina auf, sich jederzeit zu bedienen; hier in der Einöde sei das Lesen dringend notwendige Selbstdisziplin.

„Ich finde es überhaupt nicht öde.“

Nina lächelte vor sich hin.

„Sondern?“

„Still.“

„In der Tat: Mit diesem Pfund können wir wuchern.“

Nach kaum einer Woche hatte sich ein Tagesablauf herausgebildet, der im Wesentlichen über Herbst und Winter fortbestehen sollte. Gunhild legte größten Wert darauf, dass Nina nur so viel im Garten helfen dürfe, wie es ihrer „Rekonvaleszenz“ dienlich sei. Ob sie denn eine ernsthafte Krankheit habe, wollte Nina wissen. Gar nicht, entgegnete die kluge

Gärtnerin, aber ihre „seelische Konstitution" verlange nach besonderer Vorsicht; es habe schon mehr denn genug Aufregungen in ihrem jungen Leben gegeben – damit spielte sie vor allem auf den frühen Tod von Ninas Mutter an. Was für „Normalausgestattete" eine Aufgabe sei, die innerhalb kurzer Frist so einigermaßen bewältigt werden könne, stelle für „solche wie Nina" ein „lebenslanges Leiden" dar, das eben nicht „abzuarbeiten" sei ..., sondern mit dem man einen „selbstschonenden Umgang" lernen müsse.

Einige der Vokabeln merkte sich Nina genau; sie standen in dem grellsten Gegensatz zu allem, was bisher von ihr verlangt worden war. Immerzu hatte sie sich Anforderungen gegenübergesehen, die wohl auf Ansprüchen gründeten, wie sie das Leben mit sich bringt, doch insgeheim hatte sie jede Verantwortung dafür abgelehnt. Ein leiser Widerspruch, der nie ganz totzukriegen war, wies in ihrem Innern immer darauf hin, dass andere Kategorien für sie in Anschlag gebracht werden müssten. Welche, das erfuhr Nina nun im Goldgrund.

Gunhild hatte viel Vertrauen eingefordert und ihr wahrhaftig einen Eid auf die heilige Maria abgenommen, dass sie nicht schummeln, sondern jede Stunde darauf achtgeben möge, einzig und allein das zu tun, was der Linderung dienlich war.

Eine Heilung sei sowieso nicht möglich.

„Nicht auf Erden."

Das brachte Nina dazu, die Gastgeberin wieder und wieder zu befragen, wie sie es mit der Religion halte, und da stieß sie auf höchst eigenwillige Interpretationsweisen. In der Abgeschiedenheit hatte sie einige Ansätze weiterentwickelt, die schon zu Studientagen da waren: Pantheismus, Mystik, Animismus kamen darin vor sowie jede Menge urchristliche Gedanken. Doch man müsse unterscheiden: So herrlich das Münster drüben in der Stadt gelungen sei und manche anderen Hervorbringungen, es stehe nicht in Zweifel, dass die Kirche in ihren Kerkern den Glauben gefangen halte, der in Mühe und Einsamkeit von jedem einzeln geborgen und herausgegraben gehöre. Die Bibel, so die gelehrte Eremitin, sei ein dünnes Heftchen, wenn man das Geschwätz der Gewalttätigen abziehe, die sich darin „schändlich breitgemacht" hätten.

Nina stimmte ihr zu. Da bekam sie von Gunhild einige Aufzeichnungen aus der Spätzeit ihres Studiums ausgehändigt, worin der abgründige Versuch unternommen worden war, von der Genesis bis zur Offenbarung nur das herauszudestillieren, was der „Botschaft des Friedens" Genüge tue. Bei einigen Versen, gab die Autorin zu, habe sie Fünf gerade sein lassen, weil die so poetisch klängen. In ihrer Jugend sei immerhin bei einigen die alte Überlieferung des

Schönen, Wahren, Guten noch lebendig gewesen; und dann sagte sie etwas, das in dieser Derbheit Nina ihrer Lehrerin nie zugetraut hätte.

„Heute ist das ja alles zugeschissen."

Nina stellte sich niemals einen Wecker. Wenn sie wach war, heizte sie den Ofen an und setzte den Tee-Extrakt aufs Feuer, wusch sich, sah auf das Wetter, kleidete sich dementsprechend an, aber ohne Eile, goss sich eine Tasse auf und frühstückte für sich. Dabei blickte sie aus dem Fenster und las ab und an ein paar Zeilen aus Gunhilds Bibel-Extrakt. Das versetzte sie meistens in eine so ruhige Stimmung, dass sie einen Morgengang in den Garten wagen konnte ... Nicht ein einziges Mal über Monate war sie die erste dort – außer samstags, wenn Gunhild schon gegen fünf Uhr früh mit dem meist übervoll bepackten Lastenrad zum Münstermarkt abgefahren war. Oft geschah es, dass Nina meinte, früher als die Hausherrin draußen zu sein, doch dann sah sie den blassblauen Dutt hinter einem Apfelbaum oder über den Dahlien aufschimmern.

„Du bist wie die Frau Holle, nur das Gegenteil", sagte sie einmal.

Da sie im ersten halben Jahr fast gar nichts helfen durfte, begab sich Nina nach dem Gruß und mitunter einem kleinen Plausch vorschriftsmäßig auf ihren Erholungsspaziergang. – Anfangs vermisste sie Tim dabei sehr. Der kam nur am Wochenende zu ihr. Doch die besondere Stimmung in diesem Tal war fast nur guten Gedanken günstig, ein Goldgrund in jeder Hinsicht. Nina stieg nie zu hoch in die Waldberge auf, dazu fühlte sie sich insgesamt noch zu erschöpft. Aber sie probierte alle Nebenwege aus, kam manchmal zu einem Ausblick in die Rheinebene, den sie noch nicht kannte, traf auf Überreste aufgegebener Mühlen oder fand ein Plätzchen, wo vielleicht einmal ein Garten war, und da pflückte sie sich eine Birne oder las ein paar Nüsse auf und blieb ein wenig sitzen.

Passend zu ihrer unter der Woche doch recht nonnenhaften Lebensweise, ließ sie sich vom 11-Uhr-Läuten der St. Blasius-Kirche darauf aufmerksam machen, dass es Zeit war zurückzukehren, und wenn es 12 schlug, saß sie bei Gunhild in der Küche. – Bisweilen durfte Nina etwas zum Abendessen zubereiten; das Mittagessen blieb immer unter der Regie der Dame vom Goldgrund. Nina imitierte mancherlei, was ihr gefiel; dazu gehörte der Mittagsschlaf: für Menschen ihres Alters gewöhnlich ein Unding, aber in Gunhilds Büchern las sie doch immer wieder, wie es in früheren Zeiten selbstverständlich dazugehörte, sich nach dem Essen hinzulegen, wenn man „nicht gut beieinander" war.

Und das war sie noch lange nicht.

Erst Ende Februar würde sich Nina zum ersten Mal nach Freiburg trauen, um auf dem Markt Äpfel, Kartoffeln und Kräuter zu verkaufen – da war Gunhild krank und verlangte das keineswegs von ihr. Über den Winter hatte es sich so ergeben, dass sie abends immer öfter beieinandersaßen, und so begann denn doch die Unterweisung in der Kunst des Gartenbaus, aber auch in der Verarbeitung der geernteten Gaben. Nina hatte nicht angenommen, dass sie in die beiden Bereiche so schnell und so profund würde eindringen können; als sie ihre erste Gemüsesuppe kochte, staunte sie selbst am meisten. Im allerletzten Augenblick hatte sie noch daran gedacht, dass Liebstöckel nicht fehlen dürfe, und auch das Muskat hatte sie nicht vergessen. Nur mit der Einlage, Eierstich und Riebele, war sie nicht ganz zufrieden; Gunhild erteilte ihr die Absolution: Sie habe etwa ein Vierteljahrhundert gebraucht, bis sie es darin zur Meisterschaft gebracht habe.

Natürlich übertrieb sie.

Aber aus Liebe.

Die Nachmittage verbrachte Nina an der Klostermauer lesend. Schien die Sonne durch das Tal, erwärmte sich der Sandstein; es war bis kurz vor Weihnachten möglich, draußen an ihrem eisernen Klapptisch zu sitzen und sich von Marie Luise Kaschnitz darüber informieren zu lassen, welche Gefahren drohen, wenn man sich in einem Garten schlecht benimmt. Bei Nässe und Kälte nutzte Nina die Möglichkeiten, die ihr die Mauer von der anderen Seite bot, denn es stand ja der Holzofen in der Nähe, und auch hier erwies sich der aus Wüstensand gehärtete Stein als verlässlicher Speicher. Nina hatte es sich angewöhnt, die Wand zu streicheln: nach dem Aufstehen, vorm Zu-Bett-Gehen, wenn sie sich zum Lesen in ihre Gesellschaft begab ... Zu Beginn war das nur ein Hand-Auflegen; aber kam es ihr zu, diese Steine zu segnen? Doch wohl andersherum! Also wählte sie innen und außen je einen Vorsprung, der sich im Lauf der Jahre und Jahrzehnte ganz allmählich rundete.

Spätestens ab Mittwochmorgen wartete Nina auf Tim. Dieser reiste nach Möglichkeit schon Freitagmittag an und blieb bis Montagmorgen: sehr früh am Morgen, denn er musste danach eine Fahrt bis an den Neckar bewältigen. Als er zum zweiten Mal zurück in den Goldgrund kam, hatte Tante Gunhild ein Geschenk für die beiden zur Hand: eine Schlafcouch, die sich mühelos ausbreiten, zusammenschieben und sogar wegräumen ließ.

„Es ist ja nicht viel Platz im Häuschen, und guter Schlaf lässt sich durch nichts ersetzen."

Nina und Tim waren so glücklich, dass sie sofort etwas für Tante Gunhild tun mussten ..., doch da sie nichts brauchte und noch weniger begehrte, dauerte es eine Weile, bis Tim etwas einfiel: Vor Jahren hatten sie einmal eine Tour unternommen, in den Hochschwarzwald, drei Tausender wurden erstiegen an nur einem Tag. Seine Rettung: eine Vesperstube mit Würsten und Bratkartoffeln und Kachelofen und allem. Noch lange danach hatte die Tante vor allem von diesem Käsekuchen geschwärmt, der dort gebacken wurde, und dass es unmöglich einen auch nur annähernd guten auf der Welt noch einmal gäbe. Tim erinnerte sich, wie sie hinterher beseligt und schweigend ins Tal abgestiegen waren, so, als hätten sie im Innern die Atmosphäre der heimeligen Hütte für immer aufgespeichert.

Als Nina und ihr Tim nach einigen Irrfahrten die besagte Stube endlich wiedergefunden hatten, war nur noch ein Stück Käsekuchen übrig, da ließ sich nichts machen.

„Erst Samschtag wieder", wie der junge Wirt beschied.

Doch immerhin, wenn auch „fein bescheiden", wie der Neffe die Tante zitierte: Das Hauptziel war erreicht.

Gunhild trat eben vor die Tür, eine Gießkanne in Händen, da rannten die beiden auf sie zu und überreichten ihr das Geschenk. Sie schmunzelte, öffnete mit Bedacht, schnupperte hinein ... und sagte das Tantenhafteste, was sie nur sagen konnte: „Das sollt ihr doch nicht."

Aber sie war gerührt. Ging hinein. Und gabelte drauflos, mit geschlossenen Augen.

Es war schon spät im Februar, und nichts hatte sich in Ninas Tageslauf geändert. Der Nachmittag war da, und sie setzte sich mit einem Buch an ihr Klosterfenster: „Wer dich so liebt" von Edith Bruck. Sie kam aber nicht zum Lesen, denn etwas war anders. Hinter dem Fenster glomm etwas Weißes, das nicht vom Schnee herstammte, der war vor Wochen getaut. Nina stand auf, legte die Stirn an die Scheibe und sah: Ihr Tal war von einem Licht erfüllt, das etwas Mondenes an sich hatte, dabei konnte es kaum 16 Uhr sein. Kein Nebel, nicht einmal Dunst oder ein sonst wie bekanntes Witterungsphänomen ließ sich da registrieren, sondern nur Licht: weißes, seltsam erhabenes, so irdisches wie überirdisches Licht …, das eine derartige Verzückung in ihr auslöste, dass sie unwillkürlich an diese Nonnen denken musste, die an demselben Ort womöglich ähnliche Visionen gehabt hatten.

In Angst, das Naturschauspiel könnte schon wieder vorbei sein, wenn sie nach draußen käme, verzichtete sie auf ein Jäckchen, sondern eilte zur Tür und sprang hinaus. Da war es noch viel stärker. Nichts ließ sich hören, kein Vorfrühlingsvögelchen wagte sich zu zwitschern, es war alles wie eingefroren, jedoch ohne Eis und sonst welchen Peinigungen, die von der Kälte ausgehen. Jedes Detail, ob gewachsen oder gebaut, schimmerte weiß und nur noch weiß, sodass sie mit schnellen Schritten an den Rand des Blumengartens gehen musste, von wo aus man ein gutes Stück vom Tal Richtung Rhein beschauen konnte: die Straße – weiß ... die Wiese – weiß ... der ferne Berggrat – weiß. Nina schlug sich mit der Hand vor die Stirn und sah nach unten in den weißen Sand. Nur langsam hob sie wieder den Blick, an den weißen Büschen, den weißen Stämmen hinauf, über die Baumkronen hin, die noch weißer leuchteten, aber auch milder. Und dann schaute sie zum Himmel auf.

Da sah sie eine Stadt.

Wie gezeichnet mit weißen Konturen auf dunklem Grund, waren Türme und Kirchenkuppeln, Bürgerhäuser und weite Plätze zu erkennen, aber gar nicht befremdlich oder angsterregend, weil ja doch alles auf dem Kopf stand, vielleicht stand ja sie auf dem Kopf, sondern so wahr und natürlich, dass sie sich schämte, nicht schon öfter dorthin geblickt zu haben, denn diese Stadt musste ja immer dort sein und nicht nur heute, an diesem weißen Februarnachmittag. Nina sank vornüber, fiel aber nicht, sondern wie hingelegt fand sie sich wieder, mit der Stirn im Sand, und sie hielt es für angebracht, ihre Arme von sich zu strecken, die Hände so weit wie möglich zur Seite zu spreizen, und so blieb sie liegen.

Als Nina wieder zu sich kam, war noch ein Nachhauch dieser feierlichen Weiße rings um den Goldgrund wahrzunehmen, und jetzt erst brachte sie es fertig, nach Gunhild zu rufen, gleichzeitig hastete sie zum Haus und die Stufen hinauf. Immer noch öffnete niemand, da trat sie ungerufen in den Flur. Aber die Wohnküche war leer, und eine entsetzliche Ahnung prickelte ihr über die Arme und Wangen. – Nina stürzte das Treppchen hoch zum Schlafzimmer, doch jetzt war sie so furchterfüllt, dass sie auf Anstand nicht achtete: Sie riss die Tür auf und schaute hinein und sah Gunhild auf dem Rücken liegen, die Augen zur Zimmerdecke, die Hände gefaltet. Nina wollte schreien, schon bemerkte sie eine Geste: zittrig, aber begütigend, bedeutete ihr die alte Frau, dass nichts Schlimmes geschehen sei.

„Noch nicht, mein Kind."

Nichts besaß Nina noch, womit sie Gegenwehr hätte leisten können; sie weinte laut auf und klappte über dem Bett zusammen, dabei suchten ihre Hände nach denen der Vertrauten.

„Nicht sterben! Nie!"

Gunhild streichelte Nina, und nach und nach hörte das Beben auf. – Nein, so was! Das sei ihr lange nicht passiert: ein Schwächeanfall ... Vermutlich die übergangene Erkältung vom Winter ... Immer nur weiter werkeln, das gehe eben auch nicht. Es solle beiden eine Lehre sein. Was aber nun mit den Marktsachen geschehen solle, die sie für den nächsten Tag verpackt habe, das wisse der Himmel. – Ja, der weiß es, entgegnete Nina. Auf eine Schilderung des Erlebten verzichtete sie, aber sie richtete sich auf ... und versicherte Gunhild, dass sie sich durchaus zutraue, den Verkauf auf dem Münstermarkt zu übernehmen, wenn sie alles erklärt bekäme.

„Aber Nina, seit wann ...“

„Seit eben.“

Gunhild war viel zu klug für all das Getue und Gerede, für jede falsche Rücksichtnahme, die gewöhnlich mit behutsamen Tanten in Verbindung gebracht wird. Trotz ihrer Schwäche – oder vielleicht dadurch begünstigt – dachte sie klar. Mit einem Blick vergewisserte sie sich: In der Tat, diese Nina sah ganz anders aus als jener verirrte Welpe, der ihr vergangenen Spätsommer zugelaufen war.

„Da auf der Kommode liegt ein Block. Ein Blei müsste auch dabei sein.“

Nina schrieb mit: den einfachsten Weg; die richtige Standnummer; die wichtigen Leute; die Art und Weise, wie sie die Waren präsentieren solle; die Preise; die Grenzen beim Handeln ... Während sie all dies notierte, stellten sich je und je Bilder ein, die ihr am Tag darauf behilflich sein sollten. Denn was sie präzise vor sich sah, als Gunhild es ihr beschrieb, trat genauso ein. Selbst die Route, die sie nie zuvor entlanggekommen war, schon gar nicht auf einem Lastenrad, erkannte sie wieder. Nein, diese Art von Aufregung hatte nichts mit Angst zu tun – was sollte ihr schon passieren? Selbst im Falle eines Sturzes wäre sie ja bestens gepolstert: hinten vom Kartoffelsack im Fahrradkorb, von Rüben und Zwiebeln in der Satteltasche auf der einen und von Äpfeln auf der anderen Seite, vorn aber auf der Ladefläche, wohlverschnürt, von Suppengemüse. Und am Lenker wehten zwei prallgefüllte Kräuterbeutel, die ersten Airbags der Geschichte!

Viel zu warm hatte sich Nina angezogen, vermeinte sie beim Losfahren, doch da es beständig bergab ging, musste sie sich auch nicht anstrengen, und der Wind hatte noch gar nichts Vorfrühlingshaftes. Laut krächzend arbeitete der Dynamo; alles an diesem Fahrrad war solide, auch das Licht, das ihr den Wald-Pfad, dann den Landwirtschaftsweg, schließlich die zu dieser Zeit noch leere Landstraße kräftig beschien. – Nicht ein einziges Mal hatte sie sich verfahren, als sie die äußeren Stadtviertel erreichte. Jetzt musste sie manchmal fest in die Pedale treten, aber das Rad schien seinen Weg zu wissen und schnürte unverwandt geradeaus. Alle Laternen waren noch erleuchtet. Nur selten parkte ein Auto aus und brachte einen Frühaufsteher zur Arbeit. Noch einmal musste Nina abbiegen, da gelangte sie in die älteren Viertel. Hinter den schmiedeeisernen Zäunen und dichten Vorgärten erahnte sie Bürgervillen, da und dort schien schon jemand mit Kaffeekochen beschäftigt.

In so was musste man auch gut leben können!

Aber nicht so gut wie im Goldgrund.

All das gefiel Nina schon überaus. Als sie dann aber die erste Steigung geschafft hatte und auf einer der Dreisam-Brücken stand, überlief es sie: Vor einem unruhig gemusterten Himmel erkannte sie zu ihrem größten Erstaunen die gigantische schwarze Silhouette des Münsters. Ehrfurcht, die seit Jahrzehnten unpopulärste aller Vokabeln, fiel ihr jetzt ein. Eine Weile verharrte sie so ... und hoffte, der überweltliche Koloss möge nicht auch noch anfangen zu läuten – das würde sie nicht auch noch ertragen können: alles der Reihe nach und niemanden überfordern! Erst als sie längst auf dem Markt eingetroffen war, fingen die schweren Glocken an zu rumoren, doch da war sie schon sehr beschäftigt und musste für irdische Wesen ein Ohr haben.

Zu den erfreulichsten Erfahrungen ihres Lebens gehörte die im Wortsinn grenzenlose Hilfsbereitschaft der Marktleute. Grobes Volk? So hatte sie es früher vernommen. Als sie nach dem Marktsprecher fragte, klang das sehr zaghaft; auch als sie den Platz zugewiesen bekommen hatte und mit dem Monsterklapptisch nicht zu hantieren wusste, fiel ihre Bitte um Hilfe noch ausgesprochen kleinlaut aus. Da aber alle, wirklich alle, die vorbeikamen, sofort ein Gespräch mit ihr begannen, und niemand, wirklich niemand „grob" mit ihr war, wandelte sich Ninas Schüchternheit binnen weniger Stunden in Handelstüchtigkeit und Gesprächsgeschicklichkeit, sodass sie auf dem Heimweg Anlass fühlte anzunehmen, Dutzende Generationen in ihrer Familie seien jahrhundertelang Marktleute gewesen. Vielleicht kam ihr aber auch nur zupass, dass sie vor Jahren schon einmal auf einem Markt gearbeitet hatte, wenn zwar die Umstände andere: schlechtere gewesen waren.

„Aber hoffentlich nichts Ernstes?"

So lautete die Standardrückfrage aller, die auf Ninas Auskunft, Gunhild sei krank, erfolgte, die wiederum die Antwort war auf das allseits fassungslos geäußerte: „Wo ist denn ..." Gunhilds jahrzehntelange Marktpräsenz hatte gewissermaßen eine Aura geschaffen, in deren Schutz und Hut Nina ihr Tagewerk vollbringen konnte. Es war aber nur ein Halbtagewerk – denn zum Zwölf-Uhr-Läuten hatte sie die letzte Möhre verkauft. Ob denn alles gestimmt hatte? Wahrscheinlich nicht. Mit dem Wiegen ging es noch ganz gut; Kopfrechnen aber hatte nie zu ihren Stärken gehört. Brav, doch nicht ohne Selbstbewusstsein, verabschiedete sie sich von den Standnachbarn, die allesamt ein ungläubiges Lächeln im Gesicht stehen hatten. Doch so schnell kam sie nicht davon. Selbstverständlich hatte sie registriert, dass gegenüber seit dem frühen Morgen Würste gebraten wurden, auch der Duft war ihr aufgefallen – dass sie aber Hunger hatte, bemerkte sie erst jetzt, als ihr eine der Bratwurstdamen eine lange Rote brachte, mit Senf und Brötchen, als Willkommensgeschenk ... und wohl auch im Sinne der Anerkennung für ihren ersten Markttag.

Im Vollgefühl, etwas Gutes, etwas Richtiges getan zu haben, radelte Nina davon durch die Straßen der Altstadt, der Villenvororte, der langweilen Außenbezirke, bis sie vor einem Brunnen am Waldrand haltmachte. Das übliche Schild „Kein Trinkwasser" ignorierend, hielt sie ihren Mund unter den vollen Strahl. Wie zuvor ihren Hunger beim Verzehr der würzigen Münsterwurst, realisierte sie erst beim Trinken, dass sie völlig ausgedörrt war ... Obwohl nun bis auf die Waage kein Gewicht das Lastenrad mehr beschwerte, empfand sie die Rückfahrt als viel anstrengender. Was am Morgen noch fast von allein gegangen war, erforderte jetzt Mal um Mal Überwindung ... und immer und immer, wenn sie glaubte, jetzt sei die letzte Biegung erreicht, kam noch eine und noch eine.

Für Gunhilds Lob, als sie ihr das Geld auf die Bettdecke zählte, hatte sie schon kaum mehr Aufmerksamkeit übrig; matt wie nie zuvor, hangelte sich Nina am Staketenzaun entlang und schlug in ihrem Bett ein wie eine Gerölllawine aus dem Hochgebirge. Sie schlief lange, aber chaotisch, ihre Träume waren gesprenkelt von Bildern und Blicken und Gesprächsfetzen, und immerzu musste sie rechnen, und nie stimmte das Ergebnis. – Erst am späten Nachmittag fand sie sich bereit, nach Gunhild zu sehen. Viel besser ging es der noch nicht ... Also raffte sich Nina noch einmal auf und enterte die Küche. Im Kühlschrank fand sie drei schwere Fleischknochen, Suppengemüse war sowieso immer zur Hand ... und so krönte sie ihren Arbeitstag mit einer Rindsbrühe.

Gunhilds Freude war so still wie unermesslich.

Bevor Nina zu Bett ging, setzte sie sich noch einmal an ihr Fenster und versuchte zu rekapitulieren, was sich seit gestern ereignet hatte: mehr als in langen Jahren zuvor. Es kam ihr alles so reichhaltig vor, dass sie mit Recht erwartete, diese Art zu leben müsse Jahrzehnte vorhalten, um in der Tiefe ausgelotet zu werden. Dabei fiel ihr ein Vers ein, den sie in Gunhilds Bibel-Summarium kürzlich gelesen hatte.

Nina musste nicht lange suchen.

Psalm 90, 4: Denn tausend Jahre sind vor dir
wie ein Tag, der gestern vergangen ist und
wie eine Nachtwache.

Ja, wie sehr würde sich ihr Leben, das ihr bis zum Alter von 25 Jahren zugeteilt worden war, von dem unterscheiden, welches sie von da an führen dürfte! Recht genau sah Nina voraus, wie sich die Erlebnisse der vergangenen Stunden über die Jahre etablieren müssten: als das, was für sie angemessen war. Die kaum je gestörte Kontemplation des Goldgrunds sollte sich nach und nach ergänzen: Es kämen Nachbarschaftskontakte hinzu, sowohl auf dem Markt als auch zu den Weilern in der Nähe, sie würde akzeptiert werden als diejenige, die sie geworden war. Bestimmt gäbe es auch die eine oder andere Gleichaltrige, die sie bald zur Freundin gewinnen könnte, und dann hatte sie mehr, so viel mehr als sie in ihrer Jugend erhoffen konnte. Dabei wäre dieses neue Leben so einförmig und vorhersehbar im Vergleich zu ihren jungen Jahren ...

Das Alltägliche als Überraschung!

Und Tim?

Wenn Gunhild einmal nicht mehr unter den Lebenden weilen würde, wäre es das Beste, wenn sie das Haupthaus bezögen. Ob er dann weiterhin da draußen unterwegs sein müsste, oder ob sie dann vor allem im Goldgrund beisammen wären, das würde sich weisen. Kinder wollte sie ja keine. Tim hätte nichts dagegen, bestand aber nicht darauf, weil er auf gar nichts bestand, in seiner gottgegebenen Weisheit. Aber es könnte ja sein ... Es könnte sein, dass sie eines Tages auch so ein verstörtes Mädchen bei sich aufnehmen würden wie Nina eins gewesen war. Und dann würden sie ihr das Beste angedeihen lassen, nicht anders als Gunhild es praktiziert hatte, und dabei würden sie an einem gewiss nicht sparen, sie würden es zu mehren und zu verbreiten wissen ... das Beste, was die Erde zu bieten hat, der Goldgrund vor allem.

Ruhe.

*

// Die junge Frau trank ihren Jagertee aus. Ich muss zugeben, dass ich nicht recht wusste, wo ich hinschauen sollte. Den anderen schien es nicht anders zu gehen. Das war Nina – ich hatte so viel Respekt vor ihr, dass ich sie gar nicht hätte duzen mögen – natürlich unangenehm. Sie wusste auch nicht, was sie jetzt sagen könnte, sie hatte ja schon so viel gesagt, also war es an mir, die Stille abzukürzen, bevor sie vollständig unangenehm werden konnte.

„Vielen Dank", sagte ich. „Das war eine wunderbare Geschichte." Und ließ etwas für mich so Ungewöhnliches folgen, dass Steinheimer nicht einmal aufzublicken wagte: „Und Sie sind ein wunderbarer Mensch."

Danach überholte ich sofort Steinheimer. Ich meine den Jagertee – es sollte Nummer 6 gewesen sein. Um von meiner emotionalen Großtat abzulenken, machte ich zum wiederholten Mal Dirk darauf aufmerksam, Jagertee sei ja gar kein Original Schwarzwälder Produkt.

„Der scho", erklärte er. „Bis auf den Tee."

Tatsächlich hatte ein jugendliches Unternehmen aus der Region damit begonnen, nicht nur den seit Jahren vorgeschriebenen Gin zu erzeugen, sondern auch echten Rum – aus Jamaika-Melasse, die klimaneutral per Segelboot über den Atlantik geschippert worden war. Dirk verwendete also keinen künstlichen Stroh-, sondern heimischem Rum und Obstler, allerdings auch Rotwein, der den Schwarztee-Anteil auf ein erträgliches Maß minderte. Selbstverständlich hatte Dirk auch nicht mit Nelken und Zimt gespart und statt Zucker edlen Tannenhonig verwendet. Während ich süffelte, versuchte ich möglichst unberührbar dreinzublicken. Hatte ich mir etwas vergeben? Sonst ein Muster an kühler Intelligenz, gepaart mit zielorientierter Strukturplanung selbst in privaten Dingen, spürte ich einen Sprung im System. Ich begann mit mir selber zu reden, zum

Glück trotz aller Besoffenheit leise genug. Eine dieser Äußerungen, die ich zu mir selbst tat, weiß ich noch:

„Die Fee ist nicht draußen im Schnee, die sitzt hier drinnen."

Da sonst niemand das Gespräch von neuem eröffnete, dozierte ich über das harte Leben der Flößer in der Gegend, und dass mein Ururgroßvater einen frühen Tod dabei gefunden hatte. Das hatte ich scheinbar schon mehrfach erwähnt, musste ich feststellen; denn die Gesichter im Rund zeigten keinerlei Interesse an meinen Schilderungen – es war eher ein spöttisches Scheininteresse. Diese verletzende Mimik änderte sich erst, als Nelson die Stube betrat und die Gesprächspause nutzte. Mit einem gewissen Wohlbehagen bemerkte ich die Schwere seiner Pfote auf meinem Bein. Offensichtlich wollte er mich beruhigen oder besser: endlich ruhig bekommen.

Denn jetzt war er dran.

Nelson wirkte noch souveräner als vorher, da wir über seine Fähigkeit, mit uns sprachlich zu kommunizieren, noch nicht Bescheid wussten. Er erzählte erwartungsgemäß mit tiefer Stimme, gelassen und überlegt, dabei durchaus nicht ohne Witz und einer gewissen Ironie, die mir, vor allem aber dem Menschen als solchem galt. Zwischendurch schlich er immer mal zu der Alten im Ofeneckchen hinüber, die griente und ab und zu nickte nach ihrer Weise. Seinen Streifzug beendete Nelson bei Nina, lehnte sich an sie und ließ sich kraulen. Unerträglich sanft blickte er zu ihr auf, und unerträglich sanft sah sie zu ihm nieder.

„Tja", dachte ich bei mir. „Du hast es leicht."

„Nein, habe ich nicht", antwortete Nelson. „So ein Leben als Hund ist niemals leicht, weder in der freien Wildbahn, und unter Menschen schon gar nicht."

Dirk, der nahe am Kachelofen stand, schaute schuldbewusst drein.

„Dich mein ich doch gar nicht", tröstete ihn sein Zotteltier. „Du tust immer dein Bestes. Im Rahmen deiner Möglichkeiten." //

Jagerteegeschichte

Menschen im Allgemeinen bekommen ja nicht viel mit. Dass sie es mit dem Hören nicht so haben und kaum etwas riechen – geschenkt. Am schlimmsten sieht es wohl mit ihrer atmosphärischen Wahrnehmung aus, die dürfte unter 1% liegen. Nicht zu glauben: Von all den faszinierenden Wesen, die sie umschweben, bekommen sie nichts mit. Höchstens in Fällen von Lebensgefahr meldet sich so ein bisschen was von diesem Gespür, über das sonst alles, was lebt, in großem Maße verfügt, vor allem natürlich wir Hunde.

Es könnte einen heiter stimmen, wenn es nicht so ernüchternd wäre: Fast keiner dieser bedauernswerten Mangelmenschen hat einen Schimmer, welche Farbe seine berühmte Seelenpelerine gerade angenommen hat – manche gehen so weit zu behaupten, dass sie gar keine Seele besäßen –, andererseits ist das auch wieder kein Schaden, denn auf die paar Farben, die sie erkennen können, kommt es nun auch wieder nicht an. Es fällt ihnen sogar schwer, von der dritten auf die vierte Dimension zu schließen. Die Heimat der Hunde befindet sich bekanntlich in der siebten.

Insgesamt komische Leute also, die uns für ihre besten Freunde halten.

Nun gut, wir sind es – zumindest gelegentlich, vor allem, wenn sie uns nicht treten –, meistens aus Mitleid, ja, durchaus, manchmal aus Liebe, auch das kommt vor. Bleiben wir erst einmal beim Treten. Das war eine Angewohnheit des ersten Erwachsenen, an den ich mich erinnern kann, ein Familienvater mit Schnauzbart, sonst kein schlechter Kerl, aber wenn er mich sah (und ich ihn nicht), musste ich erst einmal per Fuß beiseite gekickt werden – ob ich nun im Weg lag oder nicht. Im Sommer waren meistens Kinder in dem Hof, in den ich eingesperrt war; ich freute mich jedes Mal über die Abwechslung, aber sie hatten keine Geduld. Kaum, dass ich anfangen wollte zu spielen, hörten sie schon wieder auf. Und sie kamen auf böse Einfälle: mich an die Kette legen zum Beispiel und dann mit Steinchen auf mich zielen.

Danach wollten sie mich wieder streicheln.

Ich war ja noch ein Welpe. Keine Ahnung, warum die Menschen die Hunde von ihrer Mama wegreißen, wenn sie noch Babys sind. Eine Sitte, die strafwürdig ist, meiner Meinung nach. Wenigstens ein Jahr doch bitte! So lag ich also meistens fad herum, das heißt im Staub, denn in diesem Hof wuchs kaum etwas. Außer Staub: örtlich bis zu 20 Zentimeter. Mal wurde ich getreten, mal gestreichelt, mal beworfen. Und dann kam der Herbst. Wäre Kasimir nicht gewesen, wer weiß, womöglich wäre ich frühzeitig an Herzversagen dahingeschieden! Denn im Gegensatz zu den Menschen, die geschützt sind von ihrer sagenhaften Dumpfheit, erkenne ich all die im Wind herumtaumelnden Wesen, die himmlischen und die mit den scheußlichen Schöpfen, diesen sechzehn Meter langen Hälsen, ihren aufgerissenen Dingern – eine Mischung aus Schnabel und Maul. Vor Angst begann ich zu jaulen, ohne Hoffnung auf Erhörung. Da gewahrte ich Kasimir neben mir.

Menschen würden ihn ein Gespenst nennen.

Kasimir ist so ein goldiges Gespenst!

Erklären kann ich das Nicht-Hunden nicht, nur so viel: Er gehört zu der Sorte der Gutartigen, die zwar auch durch die Luft wirbeln, aber zum Zwecke der Tröstung der Geängstigten.

„Es kann alles gut werden", flötete er und drehte noch eine Runde um die kahle Kirsche.

„Ja?", fiepte ich. „Wann denn?"

„Es wird alles gut werden!", antwortete er darauf, kuschelte sich zu mir, dehnte sich aufs Elffache aus und umschloss mich, sodass nur ein paar von den Hagelkörnern auf mich drauf bollern konnten.

Die Familie saß derweil oben in der Wärme und dumpfte in so einen Fernseher hinein. Sehr selten nahm mich eins der Kinder mit ins Haus, das ekelhaft nach Scheuermilch stank und nur da und dort verführerisch nach Klo und Schimmel duftete. So ein Versuch, mich im wahrsten Sinn zu domestizieren, schlug sogleich in Gewaltausübung um, zumindest wenn Schnauzbart zugegen war. Einmal versuchte ich sie zu warnen, denn über und zwischen ihnen hockten ziemlich schlimme Typen aus der sechsten Dimension, die mischten sich in ihre Gedanken und hatten Vergnügen daran, wenn die Menschlein sich stritten – fies! Statt mich zu füttern, wurde ich ausgeschimpft und die Treppe hinuntergejagt.

Und mal wieder getreten.

Man gewöhnt sich nicht daran.

Im Hof klapperte es überall, langnasige Stronzzopronthen stachen nach mir, selbst im Schuppen war ich nicht sicher, denn der stand offen, und etwas Böses wohnte schon darin. Ich kniff die Augen zu und versteckte meine Nase im Fell. – In den Winternächten versuchte ich zu erfrieren, aber nicht einmal das gelang. Kasimir war nicht immer da – und nach Weihnachten kam er gar nicht mehr! Für lange Zeit. Noch vor Silvester war der Tannenbaum rausgeflogen – der wurde jetzt mein Kamerad. Mein verschneiter, stacheliger Kamerad. Ich lag auf ihm, kniff meine Augen zu und schlief sogar mitunter ein. – Ja, es ist ein Problem: Im Gegensatz zu Menschenbestien, die so gern andere umbringen, können wir uns nicht einmal selbst umbringen. Immer müssen wir alles erdulden, allem preisgegeben – dabei nützt uns weder unser Wissen noch unsere Wahrnehmung, wir müssen aushalten und abwarten.

Warten ... Ihr kennt das Buch von Thomas Mann?

Ich erwachte von einem weichen Hauch. Es war der Hauch der Milde, so etwas erkenne ich sofort. Er kam nicht aus der Nähe, drum musste ich mich erheben, schütteln und die Quelle orten: eine Alte mit einer Kiepe hinten dran! Auf allen Vieren wäre sie etwa halb so hoch und halb so lang wie ich; vom Gewicht schweigen wir Hunde stets aus Gründen der Diskretion. Sie stand nicht direkt am Lattenzaun, dort kam sie aber hin, von der anderen Straßenseite, sobald ich hinüber getrottet war. Oh, ich setzte mich in dieser speziellen Art, von der ich weiß, dass es fast alle anspricht – auf unnennbare Weise, selbst manche von den Argen, die das niemals zugeben würden. Als die Frau bei mir angekommen war, hopste ich auf und ab und japste, in der Hoffnung, dass solche Leute das süß finden. Die Hoffnung wurde weit überboten, ihre Seele leuchtete goldgrün; sie fummelte durch die Holzlatten auf meinem Kopf herum und machte mir auf der Stelle einen Heiratsantrag.

Ich sagte ja.

Es dauerte Monate, bis sie mich aus dem Gefängnis-Hof draußen hatte. Immerhin verbesserte sich meine Ernährungslage umgehend: Bis dahin war es scheinbar ausreichend, wenn man mir verkochten Reis mit Milch auf den Boden kippte. Jetzt bekam ich runde Dinger mit Loch drin, lange Stangen, auf denen ich prima herumbeißen konnte, geriffelte Dinger, die richtig nach Fleisch schmeckten. Ich weiß aber nicht, wessen Fleisch. Es kam jetzt auch die Zeit, dass ich Freigang hatte; meine Bisherigen waren dafür meistens zu faul gewesen. Jetzt lernte ich die Gegend kennen, und im Frühling ließ mich die Kräuterfrau zum ersten Mal frei. Kräuterfrauen finden es lustig, wenn sich große Hunde im Gras herumwursteln, also wurstelte ich mich im Gras herum. Zum ersten Mal trank ich aus einem Bach – der Geschmack ist unbeschreiblich! Andere Hunde waren mir egal. Andere Menschen auch.

Bis mich die Dame dem Dirk vorstellte.

Wie ich aus ihrem Verhalten schloss, konnte sie mich nicht selbst mit nach Hause nehmen. Also brachte sie mich zum Dirk. Dort lernte ich dreierlei kennen. Wir können ja schon davon sprechen, dass der Mensch der Totalausfall der Schöpfung ist – aber das mit den Häusern und den Heizungen kriegt ihr wirklich gut hin. Welch ein Wohlgefühl, auf so etwas Weichem zu liegen, und es zieht nicht! Auch schaffen es diese fiesen Wimmelwesen nicht in so großer Zahl in eine Wohnung; trotzdem, es sieht schon komisch aus, wenn eins davon euch beim Kochen zuguckt, und ihr merkt das gar nicht ...

Das Zweite waren Mahlzeiten, also richtiges Essen zu bestimmten Stunden. Man gewöhnt sich schnell daran, sag' ich euch. Und der Dirk legt Wert darauf. Ich auch. Das Dritte hat nun auch mit dem Dirk zu tun: Er tritt mich nicht, sondern tätschelt mich, auf so eine Männerart, also nicht zu vergleichen mit meiner Dame, die sehr viel ausführlicher streichelte.

Seither nimmt mich der Dirk meistens mit zu seiner Arbeit: Er bewirtet die Gäste, und ich bewache den Dirk – ein einfacher Beruf, denn es tut ihm ja keiner was. So oft wie möglich kommt mich auch die Kräuterfrau besuchen: in der Hütte sowie beim Dirk zu Hause. Das ist sehr oft, mir aber oft nicht oft genug. – Bis die Hof-Leute mich gehen ließen, musste aber noch etwas Schlimmes passieren. Ich trat in einen dieser vielen Glassplitter. Erst kitzelte es, dann pochte es, und dann bekam ich eine entzündete Pfote. Die Beschreibung der Schmerzen erspare ich euch. Die Dame und der Dirk brachten mich zu einem Doktor. Der tat mir noch schlimmer weh ... Wie ich aus dem Verhalten von Schnauzbart schloss, war ihm die Operation zu teuer. Da begann die alte Frau ihre Taschen zu leeren, und der Dirk gab dann auch was dazu, und ich wurde operiert und gesund.

Außerdem war ich aus dem Hof draußen. Dankbarkeit ist kein Ausdruck. Ich suchte nach jeder Gelegenheit, sie zu zeigen. Bis ich sie schließlich fand. Leider! Denn die Frau wurde krank. Furchtbar krank. Ihr nennt das den Tod, aber es verhält sich etwas anders. Übersetzt in eure sehr einfache Sprache heißt diese von außen gesehen so peinigende Kraft: die Schere, genauer der Auftrenner. Es geht um Strukturen – das euch zu erklären, wäre zu kompliziert, jedenfalls, man befindet sich danach überwiegend in einer von Menschen nur zu erahnenden Dimension: ist zwar nicht weg, aber das macht es nicht einfacher für euch. Die Schere ist kein sehr zugängliches Wesen. Es macht auch keine Ausnahmen – eigentlich. Es sei denn, man geht ihr furchtbar auf die Nerven. Sicher, Scheren haben keine Nerven, und der Auftrenner ist multidimensional. Ich versuch' euch das zu veranschaulichen, indem ich Bilder aus eurer sehr einfachen Sprache wähle.

Man kommt nur schwer dort rein. Energie ist erforderlich, Meditation ... und eine Art von Schelmenglück. Orpheus? Ist gar kein Ausdruck. Du musst den richtigen Moment erwischen, wenn vier Strukturen für einen Augenblick auseinanderrutschen, dann kannst du da kurz rein. In euren doofen Filmen rennen wir Hunde ja immer und hecheln blöd, und dann holen wir Hilfe. Dabei sind wir doch die Hilfe! Jedenfalls, so ähnlich könnt ihr euch das vorstellen, ich musste sozusagen sehr weit rennen, aber nicht durch Raum und Zeit, sondern etwas darüber. Als ich endlich im Vorhof der Schere ankam, hatte ich keine Ahnung, was ich tun sollte, also setzte ich mich erst einmal. Schere fand mich aber gar nicht süß, sondern – nun ja, das klingt jetzt seltsam – warf eine Schere nach mir. Ich blieb einfach sitzen.

„Hau endlich ab, du hast hier nichts zu suchen!",
bekam ich zu hören.

„Doch", gab ich zur Antwort. „Meine Frau."
Die war nämlich schon dort.

Ich blieb einfach sitzen, auch als zwei von Scheres Schergen, ihr könnt sie euch wie gekreuzt aus einem Baukran und einem fleischfressenden Saurier vorstellen, in unfriedlicher Absicht sich mir näherten, bewegte ich mich nicht.

„Ihr könnt mich ruhig beißen", sagte ich und wollte dabei tapfer klingen, war ich aber gar nicht. „Ich bleib' sowieso hier."

Da es in jener Sphäre, von der ich gerade rede, sowieso keinen Zweck hat, jemanden zu beißen oder sonst irgendwie Gewalt anzuwenden, alle Gewalt ist da eigentlich vorbei, kehrten die Idioten zu Schere zurück und berichteten, es habe keinen Sinn mich einzuschüchtern. Schere verlegte sich darauf, mich zu ignorieren. Aber das bin ich gewohnt, damit kann ich besser umgehen als mit geifernden Abrissbaggern. Also blieb ich einfach sitzen. Mal war Schere weg, dann kam Schere zurück, aber ich saß immer noch in diesem seltsam gekrümmten kosmischen Dings.

„Da sitzt du ja immer noch", fuhr mich der Auftrenner genervt an.

„Ja", sagte ich. „Und ich bleibe so lange, bis du mir meine Frau wiedergibst."

„Du weißt, dass das nicht geht."

„Normalerweise nicht. Hier schon."

„Und warum glaubst du das?"

Immerhin! Schere hatte mir eine Frage gestellt. Das kommt nicht häufig vor. Ein Privileg, sozusagen.

„Weil ich sonst nicht wieder aufstehe, und das stört dich. Ich kann ja verstehen, dass dich das stört, aber mir fällt nichts Besseres ein."

Schere machte eine Kunstpause. Da wusste ich, dass ich gewonnen hatte.

„Dann nimm sie halt wieder mit. Aber wag dich nicht noch einmal her!"

Den ersten Teil des Befehls befolgte ich gerne. Den zweiten ignorierte ich – für inzwischen schon mehrere Male. Denn richtig gesund ist sie nicht und wird sie vielleicht auch nicht mehr werden. Aber wenn es ernst wird, bin ich ja da. Ich gedenke, das Höchstalter für Hunde, für große zumal, bei weitem zu übertreffen, damit ich der Schere so lange auf die Nerven, die sie nicht hat, gehen kann, bis es gut ist. Und wenn ich die Seiten wechseln muss, mach' ich trotzdem weiter. Der Nachteil dabei: Im Allgemeinen merkt ihr so was nicht. Weil Menschen im Allgemeinen nicht viel mitbekommen. Aber die Kräuterfrau merkt das bestimmt ...

Was ich sonst nicht leiden kann, ich hab' ja so eine Stelle am Rücken, da hat mich einmal ein Kantholz vom Schnauzbart getroffen, also wenn wer auf mir reiten will, mach' ich nicht mit. In diesem Fall aber schon, denn meine Gute war ziemlich verwirrt und dachte, es wäre nicht mehr am Leben. Oder ich ... Auf dem Rückweg – sie war ja so leicht! – versuchte ich ihr zu erklären, was es auf sich hat mit den Lebenden und Toten, und dass da kein Unterschied besteht. Ich habe den Eindruck, dass sie das verstanden hat ... so gut das Menschen eben können. Als wir aus der verbotenen Zone draußen waren, bekam sie richtig Lust am Reiten und wurde guter Laune.

„Jetzt aber nicht übertreiben!", rief ich nach oben. Ich möchte die Gelegenheit nutzen und noch etwas anbringen. So oft ergibt sich ja nicht die Chance. Selbstverständlich, nachher werde ich wieder im Flur liegen, und ihr werdet euch fragen, ob das denn sein kann, dass ich euch eine Geschichte erzählt habe – natürlich nicht! Lag bestimmt am Jagertee ... Aber ein paar Partikel werden zurückbleiben und dann und wann in eurer Erinnerung auftauchen wie Wassergeister aus dem Brunnen. Die ihr ja auch für inexistent haltet, mittlerweile. Also, ich möchte euch dringend um mehr Respekt ersuchen. Es ist so peinlich ... Uns ist das peinlich, wenn ihr mit uns wie mit Kindern sprecht. „Ja, du Feiner!" Nein, fein bin ich nicht: Ich liebe halbverweste Suppenknochen. Gut gemeint ist noch lang nicht klug gedacht. Wir durchschauen euch ja sowieso. Wir erkennen, welche Farbe euer Seelenumhang annimmt in bestimmten Momenten. Wenn ihr uns tretet, wird sie schwarzbraun, jedenfalls so was in der Art.

Eine Bitte noch: Wenn Ihr uns streichelt, bitte nicht hinterher die Finger waschen, das ist ehrabschneidend. Wir sind kein Dreck. Vorher waschen wäre besser – aber bitte ohne Seife.

Die stinkt so.

*

// Es müssen diese hastigen Schlürf- und Schluckgeräusche gewesen sein, die meinen Hochgebirgsschlaf verwässert und schließlich aufgelöst haben ... Ein Bild wurde eingeblendet: Aus einem zierlichen Fläschlein süffelt ein sehr süßes Rehkitz sehr viel Milch. Hatte ich Bambi gerettet?

Was ich sah, als ich endlich die Augen aufbekam, war deutlich größer: Auf seine Knie gesunken, exte Steinheimer eine komplette Flasche vom guten Peterstaler Sprudelwasser. Richtig – der Jagertee ... Nicht ohne Ängstlichkeit fühlte ich nach meinen Schläfen. Sie waren noch da. Der Kopf dazwischen schien nicht viel breiter geworden seit gestern. Oh was für ein Fuchs dieser Dirk doch war! Füllt uns ab mit Aberhektolitern vom härtesten Jagertee ... und mixt ihn mit einem solchen Geschick, dass man die Sache glatt überlebt.

Nun, „glatt" wäre übertrieben.

Ich hatte Mühe, Steinheimer als solchen wahrzunehmen, denn seine Körpergrenzen waren alles andere als eindeutig. Ein hellblauer Hauch umwölkte ihn wie ein lebendiges Wesen, das über die Holzdielen kroch, die Tische hoch und an den Gardinen hängenblieb. Draußen starrte noch immer die weiße Wand, doch schien es mir, als schöbe sich ein wenig Himmelblau hindurch – zumindest schien es seine Absicht zu sein, da durchzudringen und sich mit dem Kachelofenholzrauch zu vermischen. Noch immer gab das zärtliche Monster Wärme ab, so viel immerhin, dass Nina in ihrem Eckchen noch immer herrlich schlafen konnte. Das Ehepaar hatte sich, wie Dirk uns später aufklärte, in eine der Schlafstuben des angrenzenden Naturfreundehauses zurückgezogen – tapfere Leute.

Einen besonderen Eindruck hinterließ an diesem Frühmorgen Wolfgang Wegner. Der Doktor dehnte sich exakt vor der Fensterfront, sodass sein Haupthaar noch viel silbriger schimmerte als sonst, und der bläuliche Dunst eine Gloriole um ihn bildete. Jede zweite Anthroposophin hätte ihn für ein Engelswesen gehalten.

Wir hantierten allesamt mit einer Vorsicht, wie man sie bei ausgewachsenen Tollpatschen nur findet, wenn eine ganz bestimmte Konstellation der Gestirne obwaltet. Natürlich ging es uns um Ninas Schlaf, den zu stören einem Sakrileg gleichgekommen wäre. Nach wie vor auf Halbdusel eingestellt, war ich der Überzeugung, dass für ewig durch die Hochwälder zwischen Schönwald und Schonach spuken müsse, wer jetzt ein allzu lautes Geräusch erzeugte. – Ob der Verfluchte dann wohl in Gesellschaft der Guta sein Unwesen treibt? Ob er jemals erlöst werden kann? Und ob Guta den Schotterbach wirklich gefressen hat?

Kaum hatten wir unsere Sachen zusammenge-sammelt, als der Dirk, unbekümmert um den Heil-schlaf junger Schwarzwälderinnen, die Tür aufriss und verkündete, er habe einen Zugang zum Parkplatz freigeschaufelt. Nelsons Erscheinung gab mir Kraft und Zutrauen, dass weder Kälte noch Gespenster uns etwas anhaben könnten. Nach und nach tau-melten wir nach draußen – zuletzt Nina, die sich, von Gähn-Attacken heimgesucht, auf den Hütten-hütehund stützen musste. Dirk hatte selbstverständ-lich vorgesorgt und Schippen, Reisigbesen und Eis-kratzer in ausreichender Anzahl mitgebracht, sodass wir die unter hübschen Hauben verschwundenen Autos hervorwühlen konnten. Das Morgenlicht reichte aus, dass wir mit den Werkzeugen zielgerich-tet umgehen konnten, ohne uns die Gesichter zu zerhacken. Dabei halfen wir einander und achteten keineswegs darauf, wem welches Fahrzeug gehörte.

Das freute vor allem den Dirk, dessen Kleinlaster wir bei der Aktion gleich mit ausgruben. Wolfgang erklärte sich bereit, die kaum gehfähige Nina hin-unter in ihren Goldgrund zu fahren. War ich nei-disch? Ein wenig, ganz gewiss. Andererseits, was hätte ich mit ihr reden sollen? Ich kam mir vor wie ein ruchloser Schwerverbrecher in ihrer Gegenwart, dumpf und sadistisch, mit Lust zu jeder Missetat bereit ..., dabei gönnte und wünschte ich ihr nur

Gutes. Derweil Steinheimers Mazda offensichtlich in den Winterschlaf gefunden hatte und keinerlei Anstalten machte, je wieder anzuspringen, tuckerte Wegners Volvo sofort los und knarzte über den Neuschnee ins Schwarzenbachtal hinaus. Fachmännisch beugten sich Dirk und Gert über den Motor, umdampft von gewaltigen Eisnebelschwaden. Ich wollte nicht als Verräter erscheinen, doch die Kachelofenwärme war längst aus mir heraus, und die Arbeitshitze nicht so recht durchgedrungen. Höflich wie ein Page, fragte ich den Freund, ob es mir gestattet sei, den Weg zum Ochsen zu Fuß zurückzulegen. Er selbst logierte traditionsgemäß im Kreuz.

Keine Ahnung, ob er mich überhaupt verstanden hatte. Erleichtert, keinen Kennergesprächen über Anlasser, Zündkerzen und sonstige Innereien lauschen zu müssen, stapfte ich durch den Tiefschnee zur Fahrstraße hinauf, wo Wolfgangs Wagen freundlicherweise zwei gut begehbare Spuren hinterlassen hatte. Meine Jacke war viel zu dünn, und ich begann zu zittern. Die Hände in den Hosentaschen, hopste ich im Dämmerlicht voran, bis ich aus den Baumschatten herausfand ... Nach drei Seiten öffnete sich hier das Tal. Von den Wohngebäuden und Stallungen, die gestern noch lieblich im Sommerlicht gelegen hatten, war kaum etwas zu erkennen – eine einzige Schneefläche erstreckte sich von Hügel zu

Hügel, und nur ganz oben, immer klarer voneinander geschieden, zeigten sich Stämme und Wipfel, so weit wie möglich von Neuschnee bedeckt.

Ich war mir so unsympathisch wie noch nie.

Unentwegt dachte ich an Ninas Geschichte. Sie war ein Mensch – und ich? Ein Troll. Und alle meine Romanfiguren? Tumbe Klischees, öde Pappkameraden, nach der Norm gefertigt. War ich denn deswegen so erfolgreich: weil ich so schlecht war? Bitter, diese Erkenntnis. Im auf Neuschnee knarzenden Weiterstapfen hoffte ich, sie würde sich alsbald verflüchtigen. – Da gewahrte ich, wie über die Schneematten etwas Rötliches waberte, langsam füllte sich der Eishauch im Tal mit zärtlichem Rosé, über dem Hügelkamm zeigte sich etwas Neongrünes, an den Rändern Türkis, und darüber wölbte sich kolossal und reintönig ein gesprenkelter Himmel in exakt 27 Blautönen.

„Jetzt übertreibt mal nicht, hier!", rief ich nach oben.

Aufgeschreckt durch meine eigene Stimme, bemerkte ich schließlich das Brummen hinter mir. „Oha, die beiden haben das Cabrio wiederbelebt!", kam es mir in den Sinn ... Gleich würde der gute Gert winkend an mir vorübergleiten, mit dem inneren Auge schon den Glanz des berühmten Frühstücksbuffets der Familie Scherzinger widerspiegelnd.

Doch bis auf besagtes Gebrumm tat sich nichts. Der Fahrweg am Waldrand entlang blieb leer, dieweil aus dem gleichmäßigen Motorengeräusch etwas Ruckelndes, Hektisches, Aufheulendes wurde. Beseelt von neuesten Gedanken, die ich allesamt dieser Nina zu verdanken hatte, wollte ich sogleich Tatkraft beweisen und eilte dem Verzweifelnden zu Hilfe ... Hoffentlich war er überhaupt verzweifelt – wie sollte ich ihm denn sonst meine frisch erzeugte Heldenkraft beweisen?

Zu meinem Glück und seinem Elend war Steinheimer eine Ausfahrt zu früh abgebogen, vermutlich auch dies eine Folgewirkung der über Stunden nicht abreißenden Zufuhr von Jagertee. Anstatt also auf der befestigten Straße gen Reinertonishof in sichere Gefilde zu lenken, rutschte er eine tags zuvor in fröhlichem Herbstgrün tönende Weide hinab. Ob er in der Vollkraft seiner Konzentrationsfähigkeit es vermocht hätte, durch präzise Manöver dort wieder hinauszufinden, ich weiß es nicht. Indessen, er steckte fest. Seine Wiedersehensfreude aber ging in wilden Flüchen unter. Gert beschimpfte den Schnee, den Wettergott, schließlich alle Hüttenwirte dieser Welt .. und machte sogar vor dem Schwarzwald nicht Halt. Was mir jetzt bevorstand, beendete alle zuvor bedrohlichen Anflüge von Frieren und Frost. Und zwar so schnell, dass ich vor Schwitzen mein Flanelljäckchen von mir warf. Denn ich schob ja allein: an sämtlichen Seitenfenstern, vom Kofferraum aus, ja ich riskierte das Heil meiner Füße und arretierte wieder und wieder mit Kraftgenie die Fußmatten, die ich unter die Reifen bugsiert hatte.

„Einmal versuch' ich's noch!", überbrüllte Gert den gequälten Motor. „Wenn's jetzt nichts hilft, dann soll die Scheißkarre ..."

Und so fort.

In diesem Augenblick löste sich das rote Dingelchen aus der Verwehung und ich rannte, eine Fußmatte schwenkend, hinter dem wenig elegant davonmäandrierenden Wägelchen her.

„Rein!", befahl Steini, und ich gehorchte gern.

„Diesmal aber richtig abbiegen, höhö!", leistete ich mir einen Kalauer – es lag ja nur noch das Sträßchen Richtung Schönwald vor uns.

Da schien es, als würde der erschöpfte Fahrer abstoppen und mich zurück in die Schneewelt befördern, jedoch, neue Milde umspielte seine Züge, und er frug: „Nicht doch 'n Kaffee?"

Wie hätte ich verneinen können? So saßen wir denn bald im gewohnten Appartement am Escheck „Zum Kreuz" und betrachteten wortlos eine Darbietung, gegen die das fulminanteste Dorftheater eben doch nur eitel Tand und Menschenwerk ist. Als hätte ein überirdischer Direktor den Oberbeleuchtungsmeister angewiesen, alles aus seiner Maschinerie herauszuholen, wurde mit erhabener Unwiderstehlichkeit ein bald lila, bald lindgrün, dann wieder altrosa und schließlich orange strahlender Teppich über der Szenerie ausgerollt: von den nahen Kuhweiden über die Schwarzwaldhöhen hin und weiter bis zu den Alpen, die mit einem Mal über dreihundert Kilometer breit vor uns im Frühlicht lagen ... mit dem glührot leuchtenden Tödi als Höhepunkt aller Höhepunkte!

„Was für ein Superstar", stammelte ich und erhob meine Tasse zum Lobpreis des dreihundert Kilometer entfernten Dreieinhalbtausenders zwischen Glarus und Graubünden.

„Etwas mehr Lyrik, bitte!" forderte Steinheimer.

Ich kramte in meiner gesamten Mnemotechnik nach in frühen Tagen auswendig gelernten Gedichten, fand zu dieser Stunde aber nicht viel. Immerhin kam mir einmal mehr Nikolaus Lenau zupass, dem es als einem der Wenigen gelungen ist, karge Geomorphologie mit zarten Ballettkostümchen in Verbindung zu bringen.

Ich zitierte: „Auf der duftverlor'nen Grenze / jener Berge tanzen hold / Morgenwolken ihre Tänze, / leicht geschürzt im Strahlengold ..."

Auf dem Weg zum Ochsen, den ich durch das von fetten Sonnenflecken gemusterte Baslertal nahm,

fiel mir ein, dass ich meinen Gert betrogen hatte.
– Ob mir Lenau, der ja immerdar ein Dichter des
Abends war, verzeihen konnte?

„Abendwolken!", rief ich in die Winterwelt hinaus. „Abendwolken, nicht Morgenwolken!"

Verstohlen lächelte mir eine Skiwanderin zu, die
besagten nächtlichen Witterungseinbruch zu begrü-
ßen schien. Immerhin hatte sie Mitleid mit diesem
offenkundig verwirrten Wolkenfanatiker, der ihr da
in beigen Sommerschuhchen entgegen eierte. An-
sonsten durchaus darauf erpicht, peinlichen Situa-
tionen möglichst auszuweichen, brachte ich ein betont bergtaugliches „Grüß Gott!" heraus und wankte
weiter.

Mit Fleiß und Akribie versuchte ich den Seelen-
zustand wiederherzustellen, der mir geschenkt worden war, bevor ich Gerts Sportwagen röcheln hörte.
Ein wenig gelang die Rekonstruktion. Zumindest
die Einsicht, ein Dödel zu sein, ein nichtswürdiger
Profiteur von der Blödheit der andern, traf mich erneut mit Wucht. Was hatte ich denn je getan zum
Ruhm und Wohle der Menschheit, sofern sie nicht
Jonathan Finkbeiner hieß?

Ich musste etwas tun. Ich würde etwas tun!

War es denn wirklich so? Hatte mich diese glazi-
ale Nacht verändert? Gerne wollte ich daran glauben.
Doch fühlte ich zugleich mit einem gewissen Nach-

lassen der Morgenkraft, wie der Jagertee in seine Rechte eintrat. Ich musste mich hinlegen, unbedingt ... Schon immer liebe ich diesen Moment, wenn ich auf Reisen bin: Nach dem Frühstück noch einmal ins Bettchen kriechen, sich ausstrecken, -dehnen, unbesorgt um die lieben Hotelmenschen, die alsbald hereinstreben werden, um die Decken aufzuschütteln. – So ähnlich wollte ich das auch heute halten – mit dem Unterschied, dass ich mich diesmal nach dem Morgenschlaf an das Frühstücksbuffet begeben würde: auch dies gar keine üble Aussicht, nein, durchaus nicht ...

Endlich war Schönwald erreicht. Jetzt fing ich doch wieder an zu frieren. Meine allerletzte Energie wandte ich darauf, den Zum-Ochsen-Portier mit gebotener Morgenfreundlichkeit zu grüßen, so, als hätte ich eine rösche Bergwanderung just absolviert; dann schwankte ich zum Aufzug, lehnte mich gegen die teppichgedämpfte Wand und schloss die Augen. Gleich würde ich unter Jauchzen wie ein Bauernbub in die Federn springen, mich mit wüster Leidenschaft einrollen und abfahren in wohlbehütetes Traumland ... Mein letzter Wachgedanke galt der Atzung, die ich sofort nach dem Wiedererwachen mir gönnen wollte. In Anbetracht meiner neu gewonnenen Bescheidenheit, entschloss ich mich, die einfachste Form einer Morgenspeisung zu mir zu nehmen: sehr, sehr heißen Kaffee, ein ebenso heißes weichgekochtes Frühstücksei mit etwas Salz sowie ein doppelt gelb-goldenes Butterbrötchen.

Oder vielleicht doch noch ein Scheibchen Lachs dazu ...//

* * *

Wo bleibt denn nur das Negative?
Verteidigung, ohne angegriffen zu sein

„Gute Nachrichten vom Planeten" lautet der fast schon provozierende Titel einer Filmreihe auf Arte. Der Guardian und Die Zeit haben das auch schon versucht: Was passiert, wenn wir uns auf das konzentrieren, was gut ist und richtig, human und ökologisch sinnvoll? Es steht ja außer Frage, dass die Geschichte der Menschheit eine von Traumatisierungen ist – aber eben nicht nur. Ob es wirklich wahr bleibt, dass sich, wie es heißt, schlechte Nachrichten besser verkaufen? Sind wir wirklich so mies? Dominieren Angstlust und Gier auf die böse Sensation die menschliche Seele?

Aufklärung hat immer einen Erziehungsaspekt gehabt – nicht im Sinne von Besserwisserei, sondern von Sensibilisierung. Friedrich Schiller war der Überzeugung, dass man sogar bei völlig verpanzerten, verhärteten Subjekten einen empfindsamen Kern freilegen könnte. Wer Kunst schafft, musste das sogar: Es war die Aufgabe ... zumindest bis zum Naturalismus. Eigentlich haben wir immer noch Naturalismus: Wesentlich geht es den Künsten, vor allem der Literatur, um präzise Darstellung von Grauen,

Ungerechtigkeit, Bosheit. Aber der Selbstzweck, die Selbstberauschung am Negativen und die Selbstgefälligkeit warten um die Ecke.

Ja, durchaus, es ist uns bewusst: Es gibt keinen Baum im Schwarzwald, der nicht halbkrank wäre, kaum ein Seitental, wohinein man nicht ein Gewerbegebiet oder zumindest eine Asphaltstraße geochst hätte ... Ich habe einen Urschwarzwälder gekannt, der lieber in der leider gesichtslos gewordenen Stadt Worms seine Tage gefristet hat als auch nur einmal in seine Heimat zurückzukehren: vor Gram und Ärger. Radikaler deutscher Funktionalismus, gepaart mit Profitgier und Schönheitshass haben auch im Schwarzwald das Menschenmögliche getan, um eben das zu vernichten, wofür die Leute doch herkommen: die Ruhe, das Heimelige, ja, auch das Mystische, aber ebenfalls der pure Genuss.

Wir sind nicht naiv. Trotzdem haben wir Gelingensgeschichten in diesem Bändchen versammelt, vielleicht sogar im Sinne Berthold Auerbachs (1812– 1882), dem es gewidmet ist.

Unter den literarischen Erfolgsgeschichten des 19. Jahrhunderts ist die des Moses Baruch Auerbacher aus dem Dörfchen Nordstetten bei Horb besonders anrührend. Aus dem neunten Kind einer Händlersfamilie wurde ein hochgeachteter Gelehrter an der Tübinger Universität und einer der einflussreichsten

Schriftsteller seiner Zeit. Seine „Schwarzwälder Dorfgeschichten" wurden weltweit rezipiert. Als politischer Aktivist musste Auerbach in Festungshaft. Am Ende seines Lebens verzweifelte er am Antisemitismus in Deutschland.

Ohne Zweifel geht der Schwarzwald-Tourismus in der Hauptsache auf Auerbach zurück. Unser Buch möchte einen Beitrag leisten, damit die kulturhistorische Bedeutung seines Geburtshauses wieder deutlich und eine sensible Sanierung möglich wird. Die neuen Wohnbauten in nächster Nachbarschaft sind schon unsensibel genug ...

Auerbachs Interesse an Fragen der Moral war schon immer sehr hoch: Wovon können wir lernen, was inspiriert uns, besser zu handeln, was gibt uns Orientierung, wenn wir nicht mehr aus noch ein wissen? Jesus, wie altmodisch, oder? Ich muss zugeben, dass ich ein Unbehagen in den Künsten, sogar in der Gegenwartsliteratur bemerke, was diese sture Ausrichtung an Devianz, am Kaputten, anbetrifft. Sogar in Österreich scheint man allmählich genug davon zu haben, dass jeder Bauer jede Tochter mit dem Kälberstrick misshandelt ... Dreck und Gewalt sind so sehr Mainstream wie Blumenmalerei zu Auerbachs Zeiten.

Geschichten vom Landleben also – und dann noch positive? Schreit da nicht alles: „Kitsch!" Nicht unbedingt. Was in diesem Büchlein zu lesen steht, geht nicht in Nostalgie auf. Wolfgang Wegner öffnet mit der Figur des Journalisten den Blick auf toxische Energien, die für so viel Zerstörung verantwortlich sind ... Dass in unseren Schwarzwaldgeschichten andere Antworten gefunden werden, entspricht der Natur des Vorhabens.

Da wäre noch etwas. Etwas ziemlich Privates und darum vielleicht beinahe deplatziert in diesem Buch, wenn es sich nicht um de

n Anfang der Idee dazu handelte. Es geschieht selten, dass Familienüberlieferungen, meist aus Gedächtnislücken mehrerer Generationen zusammengeklöppelt, plötzlich beglaubigt werden. Im Gebetbuch meiner Urgoßmutter fand sich nebenstehende Zeitungsnotiz aus dem Jahr 1922, worin der Realitätsgehalt der privat-mythischen Erzählung in öffentlichem Licht erscheint. Sie existierte also nicht nur in den Erinnerungen längst verstorbener Tanten: Meine Ururgroßmutter Finkbeiner war tatsächlich Hebamme. Es erscheint naheliegend, dass ihre Ausbildung im Zusammenhang stand mit seinerzeit ungeheuerlichen Entwicklungen wie der Errichtung einer Gebäranstalt und Hebammenschule in Stuttgart. Katharina Pawlowna, Großfürstin von Russland und Königin von Württemberg, hatte hier weit über ihren Tod hinaus Einfluss ausgeübt.

Literarisch ergänzt, findet sich die Geschichte am Anfang unserer „Neuen Schwarzwaldgeschichten." Der Originaltext aus der „Schwarzwald-Zeitung" steht am Schluss:

„Schwarzwald-Zeitung Freudenstadt

Erzgrube, 28. Juli. Heute feiert die älteste Einwohnerin unseres Dorfes und des Kirchspiels, die Witwe Finkbeiner, ihren Geburtstag. Sie hat mit dem heutigen Tag ein Alter von 95 Jahren erreicht. Was liegt in diesen Jahren nicht alles beschlossen. In ihrer Jugend wußte man nichts von Eisenbahn und Auto, Telefon und elektrischem Betrieb und zwar nicht bloß in Erzgrube, sondern auch nicht in der weiten Welt. Jetzt hat selbst das elektrische Licht den Weg in ihr Haus gefunden, und wenn sie auch mit ihren altgewordenen Augen nicht mehr die Autos sehen kann, die unter ihrem Haus auf der schönen Landstraße an der Nagold dahinsausen, hören kann sie dieselben noch gut. Als sie jung war, war Freudenstadt noch unbekannt als Kurort und noch viel weniger wußte man von Erzgrube, höchstens, daß die Flößer, die von da, dem Beginn der Nagoldflößerei, bis zum Rhein hinunterfuhren, dafür sorgten. – Als sie mit 40 Jahren Witwe wurde, gab es noch kein geeinigtes deutsches Reich und nun droht es, wo sie alt ist, wieder auseinanderzufallen. Wieviel andern überlegen. Wo er bis jetzt auch immer gezeigt wurde, erzielte er einen großen Erfolg und auch jeder Besucher war zufriedengestellt.

Stockholzverlosungen der Waldinspektion Freudenstadt. Bei den beiden letzten Stockholzverlosungen kamen zum Verkauf 1179 Rm. mit einem Gesamterlös von 83 704 Mk. = 71 Mk. für 1 Rm., und 901 Rm. mit einem Gesamterlös von 67 748 Mk. = 75 Mk. für 1 Rm.

95. Geburtstag.

Erzgrube, 28. Juli. Heute feiert die älteste Einwohnerin unseres Dorfes und des Kirchspiels, die Witwe F i n k b e i n e r, ihren Geburtstag. Sie hat mit dem heutigen Tag ein Alter von 95 Jahren erreicht. Was liegt in diesen Jahren nicht alles beschlossen. In ihrer Jugend wußte man nichts von Eisenbahn und Auto, Telefon und elektrischem Betrieb und zwar nicht bloß in Erzgrube, sondern auch nicht in der weiten Welt. Jetzt hat selbst das elektrische Licht den Weg in ihr Haus gefunden, und wenn sie auch mit ihren altgewordenen Augen nicht mehr die Autos sehen kann, die unter ihrem Haus auf der schönen Landstraße an der Nagold dahinsausen, hören kann sie dieselben noch gut. Als sie jung war, war Freudenstadt noch unbekannt als Kurort und noch viel weniger wußte man von Erzgrube, höchstens, daß die Flößer, die von da, dem Beginn der Nagoldflößerei, bis zum Rhein hinunterfuhren, dafür sorgten. — Als sie mit 40 Jahren Witwe wurde, gab es noch kein geeinigtes deutsches Reich und nun droht es, wo sie alt ist, wieder auseinanderzufallen. Wieviel Geschlechter hat sie heranwachsen sehen, hat als Hebamme auch in jahrzehntelanger Arbeit im Ort und in der Umgegend vielen jetzt gestandenen Männern und Frauen ins Leben geholfen. auch vielen wieder ins Grab nachgeblickt. Sie ist die rechte Verkörperung des „Es war einmal". Kein Wunder, daß sie sich nach so vielen Veränderungen in dieser Zeit und Welt, die sie miterlebt hat, nach dem Himmel und der Ewigkeit sehnt.

162

Geschlechter hat sie heranwachsen sehen, hat als Heb-
amme auch in jahrzehntelanger Arbeit im Ort und in
der Umgegend vielen jetzt gestandenen Männern und
Frauen ins Leben geholfen, auch vielen wieder ins Grab
nachgeblickt. Sie ist die rechte Verkörperung des ‚Es
war einmal'. Kein Wunder, daß sie sich nach so vielen
Veränderungen in dieser Zeit und Welt, die sie miter-
lebt hat, nach dem Himmel und der Ewigkeit sehnt."

Unser Kollege von vor über hundert Jahren hat
sich richtig Mühe gegeben! Steht zu hoffen, sein
Urteil über uns fiele ähnlich günstig aus …

Johannes Hucke,
Schönwald im Herbst 2024

104 Seiten
Paperback
ISBN 978-3-96308-193-4
15,00 Euro

Ein Mann liegt offenbar tot am Strand. Wer ist er und ist er wirklich tot? Vielleicht hat er aber auch nie gelebt. So wie der „Mann von Timanfaya" werfen auch andere skurrile und mysteriöse Figuren der elf in diesem Band vereinten Short Stories mehr Fragen auf, als sie beantworten. Andere schräge Gestalten wiederum entlocken beim Lesen zumindest ein Schmunzeln. Allen jedoch ist Eines gemeinsam: Man wird das Gefühl nicht los, sie zu kennen.

Der Germanist und Politikwissenschaftler arbeitet am Karlsruhe Institut für Technologie. Sein schriftstellerisches Werk – Krimi, Kinderbuch und Kulinarik – wird ergänzt durch Kultur-Events, die Arbeit für Radio und TV sowie seinen YouTube-Kanal „Mittel?Alter!". „Der Mann von Timanfaya" ist Wegners erster Band mit Short Stories.

www.lindemanns-web.de

JOHANNES HUCKE

Iss auf, der Koch kommt!

Texte zum Essen

LINDEMANNS

192 Seiten
Paperback
illustriert von
Barbara Wiedemann
ISBN 978-3-96308-102-6
13,80 Euro

Der Titel klingt wie eine Drohung. Hat der Küchenchef schlechte Laune? Ein Buch, so verfressen wie detailversessen, appetitlich wie unterhaltsam, für alle, die gerne kochen und essen gehen, sich auf Märkten herumtummeln und auch die letzte Holzofenbrotbäckerei im Hinterland nicht unbesucht lassen. Auch der kulinarische Nachwuchs darf mitköcheln: Jedes Kapitel hat eine „Kinderkarte" – zum Vor- und Selberlesen sowie als freizeitpädagogische Anregung.

Johannes Hucke hat sich zeitlebens nicht nur schreibend mit Nahrungsmitteln und ihrer artgemäßen Zubereitung beschäftigt; dabei spielt der Slow-Food-Gedanke eine Rolle und die Erkenntnis, dass Lockerheit dem Genuss zuträglich ist. Die Illustrationen stammen von Beate Wiedemann, Mitinhaberin des renommierten Weinguts Bercher-Schmidt.

www.lindemanns-web.de

248 Seiten
Hardcover
ISBN 978-3-96308-173-6
35,00 Euro

Schöne Gedichte, wer liest denn so was noch? Scheinbar unabhängig von historischen Tatsachen und künstlerischen Weiterentwicklungen bewirken vollkommene Gedichte immer noch das Gleiche wie einst: Erstaunen, Rührung, Freude, Trost. Und in manchen Fällen helfen sie uns sogar fürs Leben weiter. Schöne Worte verlangsamen für Momente den Lauf unserer Zeit. Nicht alles Schöne muss vergehen: Schöne Texte bleiben bestehen.

www.lindemanns-web.de

396 Seiten
Paperback
ISBN 978-3-96308-006-7
14,95 Euro

Eine Wandergruppe entdeckt auf dem Weg zum Mor-
teratsch-Gletscher einen „Ötzi". Der geniale wie kau-
zige Wissenschaftler Johannes Aschendorffer raubt
mit Hilfe seines listenreichen anatolischen Hausmei-
sters die Gletscherleiche und bringt sie in ein abge-
schirmtes Forschungsinstitut ins badische Freiburg.
Dort will er, gegen den Willen seines Teams, an dem
5.000 Jahre alten Körper einige Experimente vorneh-
men. Sein eigentliches Ziel: den Eismann zum Leben
zu erwecken.

„Weis hat ein Händchen für launige Regio-Krimis."
Schwarzwälder Bote

www.lindemanns-web.de

Lindemanns Bibliothek, Band 441
herausgegeben von Thomas Lindemann

Titelbild: Klaus Kühn, Karlsruhe

Lindemanns Verlag & Agentur,
Carl-Zeller-Straße 11, 75015 Bretten, Germany
info@lindemanns-web.de
ISBN 978-3-96308-252-8